マドンナメイト文庫

おねだり居候日記 僕と義妹と美少女と

哀澤 渚

目次

contents

おねだり居候日記　僕と義妹と美少女と

プロローグ

ベーコンの焼けるおいしそうな匂いがフライパンから立ち昇る。

そこに生卵を割って入れる。少し水を入れて蓋をし、蒸らしたらベーコンエッグのできあがりだ。

チンと音が鳴り、トーストが焼けたことを知らせる。

もう料理は慣れたものだった。

石橋祐介《いしばしゆうすけ》は手際よく朝食を作り、ふたり分の料理をテーブルに並べていく。

結婚して三年、いつしか家事全般は祐介の役割になっていた。

祐介は二十九歳のフリーのイラストレーター。自宅が仕事場で、基本的には一日中家にいる。いちおう、収入はあるが、売れっ子というにはほど遠いキャリアだ。

それに対して二歳年下の妻、麻由子《まゆこ》は広告代理店勤務で収入も多い。その分、仕事は激務だ。

そのため、いつしかこういう役割分担ができていた。

ふたり分の朝食をテーブルに並べ終わると、ちょうどそのタイミングで麻由子がダイニングに現れた。

すでにきれいに化粧をして、白いシャツとタイトスカートでビシッと決めている。いかにも仕事ができる女という感じで、我が妻ながら惚れぼれしてしまう。

「コーヒーもどうぞ」

淹《い》れたてのコーヒーを祐介がテーブルに置くと、麻由子が香りを嗅ぎ、うっとりと目を細めた。

「いい香りだわ。ほんと、祐介さんの淹れてくれるコーヒーって最高。もちろん料理もね。さあ、いただきましょ」

ふたりでテーブルに向かい合って座り、朝食を摂りはじめた。

祐介と麻由子の出会いは、麻由子が担当していた広告のイラストを祐介が手がけたのがきっかけだった。

なぜか気が合い、仕事以外でも会うようになり、三年前に結婚した。

それと同時に購入したファミリータイプのマンションで暮らしている。将来、子供ができたときのためにと部屋も多めだ。

だが、子供ができるのはいつになるか……。

「祐介さんの手料理がしばらく食べられなくなると思うと寂しいわ」

麻由子はそう言って、廊下に置いてあるスーツケースのほうに視線を向けた。

今日から一週間、麻由子は海外出張に行くことになっていた。

行き先はニューヨークだ。

毎日、部屋に閉じこもって絵ばかり描いている祐介は、世界を飛びまわる妻を誇らしく思ってしまう。

「僕も麻由子にしばらく手料理を食べさせてあげられないと思うと寂しいよ」

「あら、そんなこと言って、本当は久しぶりにひとり暮らしを満喫できるってよろこんでるんじゃないの？」

麻由子は疑わしげな視線を向けてきた。

「そんなことを思うわけないだろ」

「だけど、残念だったわね。明日美《あすみ》にちゃんと監視しといてもらうから」

「明日美ちゃん？　あの子がどうかしたの？」

「あっ、そうだったわ。お母さんから電話がかかってきてたのを、祐介さんに伝えるのをすっかり忘れてたわ。今日、妹の明日美が来るから」

「来るって？　明日美ちゃん、東京に遊びに来んの？」

「なんでも好きなアイドルのライブがあるから、友だちといっしょに上京するんだって。で、せっかくの夏休みなんで、どうせなら東京観光をしたいから一週間、泊めてちょうだいって言われたの。部屋も余ってるし、いいでしょ？」

「僕はかまわないよ。だけど、明日美ちゃんと会うのは久しぶりだな。今はもう中学二年生だっけ？」

明日美とは、麻由子と結婚したばかりのころに彼女の実家に挨拶に行き、一泊させてもらったときに会って以来だ。

あのときの明日美はまだ小学生で、少女というよりは子供だったが、さすがに麻由子の妹だけあって整った顔立ちをしていて、将来的には美人になるに違いないと予想していた。

その明日美に会えるのだと思うと、中学生になった今、どんなふうに成長しているか楽しみだった。

「私がいなくても平気よね？　祐介さん、料理も上手《じょうず》だし」

「ああ、平気平気。それに麻由子の可愛い妹なんだから、しっかりおもてなししなきやな」

「昼過ぎぐらいに着くみたいだから、よろしくね」

「駅まで迎えに行かなくて大丈夫かな？」

「スマホの地図アプリを見ながら来るから平気だって」

「そうか。わかったよ」

「あっ。私、もう行かなきゃ」

麻由子が皿を持って流しに向かおうとする。

「いいよ。後片付けは僕がしておくから」

「いつもありがと」

麻由子は立ち上がってテーブルのまわりを移動し、祐介の唇にチュッと音を立ててキスをすると、慌ただしく玄関に向かった。

「気をつけてな」

祐介は麻由子を見送ってドアを閉めると、「はぁ」と大きく息を吐いた。

「結局、今日も言い出せなかったよ……」

麻由子は今、大きなプロジェクトを任されているらしく、半年ほど前から、早朝に家を出て深夜に帰宅する毎日だ。

おまけに泊まりがけの出張もかなり多くて、体力的にはかなりギリギリな状態なのがわかる。

家にはただ寝に帰ってくるだけだ。当然、プライベートで体力を使わせるわけにはいかない。

だから、もう何カ月もセックスはしていなかった。

祐介はまだ二十九歳だ。精力は有り余っている。

今日から一週間、アメリカ出張のために会えないと思うと、その前に妻を抱いておきたかった。

でも、麻由子は昨夜も帰宅が遅く、かなり疲れている様子だったので、「エッチしよう」とは言い出せなかった。

それだというのに、別れ際にあんなキスをされたために、祐介の身体に火がついてしまった。

「ああ、麻由子……うう……」

祐介はズボンの上から股間をつかんだ。

そこはもう硬くなっていた。これでは仕事にならない。仕方ない。今日もまたひとりで慰めることにしよう。

朝食の片付けはとりあえずあとまわしにして、祐介は寝室へ行ってベッドに飛び込み、麻由子の残り香《が》を嗅ぎながらオナニーをしてしまうのだった。

第一章　一日目――明日美と千花

1

我ながら情けなくなってしまう。

三十近いこの歳になって、おまけに妻がいる身でありながら、またオナニーをしてしまった。

まるで中学生ではないか。

溜まっていた精液をたっぷり放出した祐介は、満足感とともに虚無感に襲われた。

だが、射精したことで、頭をクールダウンすることはできた。

「さあ、仕事をしよう」

出版社から依頼されていた、新作小説の挿絵に取りかかった。
童顔で巨乳の女の子の絵だ。
自分で描きながらムラムラしてしまう。それだけ魅力的に描けているという
ことだ。
いつしか祐介は作業に集中していった。
ピンポーン！
頭の中で軽やかな音が鳴った。ハッとして時計を見ると、もう午後三時だ。昼食を
取るのも忘れていた。
かなり集中して仕事をしていたらしい。肩がカチコチになっていた。首をまわし、
腕をまわして、祐介はハッとした。
さっきの音はインターフォンの音だ。誰かが来たらしい。明日美だろうか？
祐介はリビングに行き、モニター画面を見た。
カメラにはなにも映っていない。
さっきの音は集中しすぎたために聞こえた幻聴だろうかと思っていると、もう一度、
ピンポーンと軽やかな音が鳴った。
「はい、どちらさまですか？」

祐介が問いかけると、ケラケラと楽しそうな笑い声が聞こえる。

「明日美ちゃんか？」

『そうよ。お兄ちゃん、早く開けて〜』

カメラの死角に隠れているらしい。そんなイタズラが楽しくてたまらないといったふうに、明日美はまたケラケラ笑った。

もう中学二年生なので、もっと大人になっているかと思ったが、どうやらまだまだ子供のようだ。

あきれながらも、祐介はオートロックを解除してやった。

「遊んでないで早く上がっておいでよ」

『うん。わかってる。じゃあ、あとでね〜』

結局、最後まで姿を見せなかった。

明日美と会うのは三年ぶりだ。女子中学生相手にどういう態度を取ればいいかわからない。しかも、イタズラ好きのかなり幼い感じのようだ。

こんなノリについていけるだろうかと不安に思いながら、祐介は落ち着きなくリビングの中を歩きまわっていた。

ピロピロピ〜ンと今度は玄関のチャイムが鳴った。

廊下を小走りに玄関まで向かい、祐介はドアを開けた。

「明日美ちゃん、久しぶりだね」

久しぶりに会う義理の妹になんとか好かれたい思いから、自分でも気持ち悪くなるぐらい猫撫で声で出迎えた。

そこにはふたりの少女が立っていた。

そのうちのひとりは明日美だ。

ショートカットで丸顔。今どきの子っぽく、顔は小さくて目が大きい。体つきは華奢だが、ミニスカートの下からのぞく太股はそれなりに肉感的だ。

そして、もうひとりは顔自体は童顔なのだが、うっすらと化粧をしているためか、少し大人びた印象だ。

髪は長くて、少し茶色く染めているようだし、体つきは明日美に比べるとかなり豊満で、VネックのTシャツを下から突き上げる胸のボリュームたるや、もう大人顔負けだ。

その子も同じように大きなキャリーバッグを持っている。どうやら明日美の友だちのようだった。

友だちと来るとは聞いていなかったので少し戸惑ったが、確かに中学生がひとりでライブに行くのはハードルが高いはずだ。仲のいい友だちといっしょに行くのが自然だろう。

「お兄ちゃん、会いたかった〜！」

明日美がいきなり祐介に抱きついてきた。首の後ろに腕をまわし、頬に頬を押しつけてくる。

それだけでは飽き足らずに、明日美はピョンと飛びついて、脚を腰のあたりに巻きつけるようにしてしがみついた。

「おっ……おい、なにしてるんだよ。明日美ちゃん、やめろよ」

祐介はよろけながらも、そのまま倒れて明日美にケガをさせたら大変なので、両足を踏ん張って耐えた。

股間と股間が押しつけ合わされている。

（これって、駅弁ファックの体勢じゃんか）

そう思ったとたん、身体がカーッと熱くなった。

おそらく顔が赤くなっているはずだ。その顔をじっと見つめながら、もうひとりの美少女が言った。

「お兄さん、初めまして。明日美ちゃんの同級生の牧原《まきはら》千花《ちか》です。今日から一週間、お世話になります」

そう言ってぺこりとお辞儀をした。その瞬間、ピンク色のTシャツの胸元が大きく揺れるのを祐介は見逃さなかった。

カラコンを入れているのか、それとも西洋の血が混じっているのか、瞳は少し青っぽい。いかにも女子中学生といった天真爛漫な明日美とは、なかなかいいコンビなのかもしれない。

「この子、わたしの大親友なの。千花ぽよって呼んであげてね」

明日美が祐介にしがみついたまま千花を紹介した。

「う……うん。そうか、祐介です。千花ぽよちゃん、よろしくね……ちょっ、ちょっと明日美ちゃん、そろそろ離れてくれよ～」

祐介は明日美にしがみつかれたまま、しどろもどろで自己紹介した。

2

その日の夜。

明日美と千花の歓迎会を開くことになった。もちろん料理は祐介の担当だ。

準備をしているあいだ、明日美と千花は横からのぞき込むようにしながら「がんばれ〜」と応援してくれた。

そのハイテンションに苦笑しながらも、なんだか部屋の中が明るくなったように感じてしまう。

それに彼女たちの部屋着がまた可愛らしい。

明日美はふわふわなタオル素材のパーカーとショートパンツ姿。

まだ幼さが残る顔立ちに若干幼児体型気味な体つき。それでも太股は肉感的で、充分に女を感じさせる。

そして、天真爛漫な明るさと笑顔はまぶしいぐらいだ。こんな娘が同じクラスにいたら、学校に行くのが楽しくて仕方ないだろう。

一方、千花は襟ぐりの大きく開いたピンク色のTシャツと腿の途中までのグレーのタイツ姿。

前屈《かが》みになると胸の谷間がのぞくし、後ろから見るとヒップの形が丸わかりだ。

中学生なので男の目を意識していないだけなのかもしれないが、あまりにも無防備すぎる。

おまけに顔立ちはハーフっぽい美形で、あと三年ほどしたら、気軽に話しかけられない美女になりそうだ。

もっとも、今の千花でも、祐介は少し緊張してしまう。いわゆるイケイケのリア充っぽさが滲み出ているのだ。

もともと中学生のころから絵ばっかり描いていた陰気な祐介には、かなり荷の重い相手だった。

そして、ふたりともさすがに中学生だけあって肌が瑞々《みずみず》しい。しっとりと潤っているのが見ただけでわかる。きっと触り心地は最高だろう。

油断すると無意識のうちについ手を伸ばしてしまいそうになる。これは理性との戦いだった。

(やばいよ、これは。気をつけないと。相手は麻由子の妹とその友だちなんだから、なんか変なことをしたら大問題になっちゃうよ)

祐介は自分を戒《いまし》めた。

そんな祐介の気持ちなど知らずに、ふたりはやたらと祐介の身体を触ってくるのだった。

「お兄ちゃん、まだ〜? わたし、お腹へっちゃった〜」

祐介が肉を焼いていると、明日美が腕にしがみつくようにしてフライパンをのぞき込む。

「お、おい、明日美ちゃん、危ないよ。火を使ってるんだから、火傷《やけど》したら大変じゃないか」

分別くさいことを言いながらも、実際のところはまったく違う。

そうやって腕にしがみつかれると、胸が押しつけられ、それが気になって料理を失敗してしまいそうになるのだ。

明日美は見た目は子供っぽいが、意外と胸はあるようだ。麻由子はEカップなので、明日美もあと数年のうちに巨乳になるかもしれない。

だとしたら、このふくらみかけのオッパイの感触は貴重だ。

むにゅむにゅと押しつけられるオッパイの弾力を楽しみながら、ついうっとりと目を閉じてしまいそうになり、祐介は慌てて頭を振った。

「明日美ちゃん、もうそろそろ焼き上がるから、テーブルにナイフとかフォークとか並べておいてよ」

「は〜い！　了解です〜！」

甘ったるく語尾を伸ばして言い、明日美はテーブルのほうにスキップしていった。

（あぶないところだった……）

祐介は大きく息を吐いた。ズボンの股間が大きくふくらんでいた。もしもそんなことに気づかれたら、きっと軽蔑されてしまったことだろう。

明日美はまだ子供で、久しぶりにあった義理の兄に甘えているだけなのだ。そのことを勘違いしたら大変なことになってしまう。

祐介は意識して顔を引き締めてみた。だがそれも、すぐにまただらしなく緩んでしまうのだった。

3

「あ〜、いっぱい笑った〜。それにお腹いっぱい」

部屋の中央に敷かれた布団の上に、明日美はごろんと横になった。

将来的に子供部屋にするための空き部屋ということだったので、特に家具は置かれていない。

その部屋に来客用の布団を二組敷いてもらっていた。並んで敷かれたもうひとつの布団に、千花も横になった。

「ほんと、全部おいしかったわ。お兄さん、料理が上手ねえ」

千花も満足そうにお腹をさすっている。

明日美は寝返りを打つようにして千花のほうを向いた。

「ねえ、千花ぽよ。わたしのお兄ちゃん、かっこよかったでしょ?」

「そうね。想像してたよりずっとかっこいいし、優しいし、最高のお兄さんね」

「でへへ……」

明日美は大げさに照れてみせた。

「で、イケそう?」

千花も寝返りを打つようにして明日美のほうを向いて訊《たず》ねた。

ふたりは真剣な顔で見つめ合う。

一秒、二秒……そして、十秒ほど見つめ合って、明日美が「あ〜」と情けない声を出して、ごろんと仰向けになった。

「やっぱりダメみたい」

「どうして?」

「千花ぽよに言われたとおり、ボディタッチをしたり、腕にオッパイを押しつけたりしてみたんだけど、ぜんぜん反応ないの。お兄ちゃんはわたしのこと、まだ子供だと思ってるのよ、きっと」

「まあ、子供だけどね」

千花はいきなり明日美の胸を揉んだ。

「キャー」とわざとらしく黄色い声を出して、明日美は笑った。その笑いがすぐに消えて、また寂しげな声が出てしまう。

「千花ぽよぐらいオッパイが大きければ、お兄ちゃんもその気になってくれるんだろうけどね。だってお兄ちゃんが千花ぽよを見る目、明らかに女として意識してる感じだったよ」

「どうだろう？　でも、今回は明日美ちゃんの処女卒業大作戦なんだから」

そう、そのとおり。

三年前に姉の麻由子が旦那さんを連れて里帰りしてきたときに、明日美は祐介に恋をしてしまったのだ。

それ以来、初めての相手はお兄ちゃん！　と心に決めていたが、それだと禁断の関係すぎるので、友だちにも誰にも話したことはなかった。

だけど、中学二年生になって、まわりでも初体験したという子がちらほら現れはじめた。

そのときが徐々に近づいてきていることを感じて、大親友の千花と理想の初体験について話していたときに、ついポロッと言ってしまったのだ。

「わたし、義理のお兄ちゃんのことが好きなの。初体験はお兄ちゃんがいい！」

バカにされるかと思ったが、千花の反応は予想外のものだった。

「じゃあ、会いに行こうよ！　そして、誘惑しちゃおうよ！」

千花はそれがごく当然のことだと言わんばかりに提案した。

「でも……わたし、まだ中学生だし……相手にしてもらえるかどうか……」

「なに言ってんのよ。一番いいときじゃないの。その若さを武器にぶつかっていけば大丈夫よ。それに明日美ちゃんは可愛いもん。自信持っていいよ」

その言葉に背中を押され、夏休みに好きなアイドルのライブを観るためという名目で、祐介が住む東京にやってきたのだ。

少し前に姉の麻由子が「今度、アメリカ出張に行くことになったの」と母に連絡してきていた。期間は一週間。そのあいだ、祐介はひとりでマンションにいることになる。

だとしたら、チャンスはそのときしかない。そう思って、上京することを決意したのだった。

だけど、ひとりだとやっぱり不安なので、言い出しっぺの千花にもいっしょについてきてもらったのだ。

「もしも明日美ちゃんがあきらめるんだったら、あたしが先に処女を捨てちゃおうかな」

「え？」

明日美は千花の顔を見つめた。女の明日美から見ても、千花は可愛くて、おまけに少しエッチっぽい。

本人は自分はまだ処女だと言っているが、まるで経験者のような色気があるのだ。千花が誘惑したら、祐介は一瞬で落ちてしまうだろう。

「嘘よ。冗談だよ〜」

「もう、千花ぽよ、やめてよ〜」

明日美はほっと胸をなでおろした。そんな明日美を、千花がまた優しく勇気づけてくれる。

「ねえ、明日美ちゃん、まだ一週間あるんだから、がんばって！」

「ありがとう、千花ぽよ！」

明日美は千花に覆い被さり、きつく抱きしめた。

「あぁ〜ん、明日美ちゃんったら、甘えん坊さんね」

千花もきつく抱きしめてくれる。そしてふたりは頬を触れ合わせ、徐々に顔の角度を変えていく。

唇と唇が触れ合った。軽く触れる程度のキスをチュッチュと繰り返し、お互いに胸を揉み合う。

「はあぁぁん……」

「ふうぅぅん……」

これはふたりの間で最近たまにしている〝初体験の練習〟だった。

もちろん、キスをして服の上から身体をまさぐるだけだ。それ以上のことは、祐介との初体験のために大事にとっておいてあるのだった。

「あぁぁん、お兄ちゃん〜。はあああん！」

千花に胸を揉まれながら、明日美は悩ましい声を長くもらした。

＊

「ん？」

仕事部屋でパソコンに向かって美少女の絵を描いていた祐介は、ふと手を止めた。

あえぎ声のようなものが聞こえたような気がしたのだ。

だが、耳を澄ましても、なにも聞こえない。

「気のせいだったのかな」

妹とその友だちに欲情してしまったために聞こえた幻聴なのかもしれない。

確かに明日美が可愛くなっていて驚いた。というか、予想どおりの美少女に成長していたということか。

それに、その友だち……。千花という女の子も、幼さと女としての魅力が合わさった、あの年ごろだけの絶妙のバランスだ。

今まで女子中学生にときめいたことなど一回もなかった祐介だったが、なぜだか今日は明日美と千花のことが頭から離れない。

「なにやってんだ、俺は。仕事だ、仕事！　このイラストを明日の朝までに担当さんにメールで送らなければいけないんだからな！」

祐介はヘッドフォンをつけて音楽をかけてから、またイラストのつづきに取りかかった。

女子中学生たちの日常を描いたライトノベルのイラストだったが、そこに描かれたふたりの少女の顔は、明日美と千花によく似ていた。

魅力的な少女たちを描こうとすると、どうしてもふたりの顔が思い浮かんでしまうのだった。

第二章　二日目――プールの遊戯

1

「ねえ、お兄ちゃん。プールに行こうよ！」

部屋にこもって仕事をしていると、ドアをノックして明日美が顔をのぞかせた。

「プール？　僕はいいよ。ふたりで行っておいでよ」

今日は朝までかかってイラストを仕上げて、なんとか締切りを守ることができた。

でも、すぐに次の締切りがやってくる。

特に有名でもない祐介のようなイラストレーターは単価が安いために、大量に仕事をしないとまともに稼げないのだ。

いちおう共働きで、麻由子の稼ぎもけっこうあったが、やはり男としての面子《メンツ》もあるし、マンションのローンのためにも、もっともっと仕事をがんばらなければいけない。

「でも、お兄ちゃんもたまには陽《ひ》に当たったほうがいいよ。色、白すぎだもん。それにこのマンションの屋上だから、ここの住人のお兄ちゃんがいないと、ちょっと肩身が狭いっていうか。ねえ、行こうよ～」

明日美が猫のように祐介にまとわりつきながら言う。

「マンションの屋上？　あそこにプールなんかあったっけ？」

「さっき、千花ぽよとマンション内を探検してたの。そしたら屋上にビニールプールを出して子供たちを遊ばせてる人がいたんだけど、『もう子供たちは飽きたから、よかったらどうぞ』って言ってくれたの。せっかく水を入れたのに、すぐに片付けたらもったいないからって」

「そういうことか」

祐介のマンションは住人が自由に屋上を使っていいことになっていた。

「でもな……」

窓の外に視線を向けると、町並みが白くハレーションを起こしてしまっている。陽射しがかなり強そうだ。

インドア派の祐介には、夏の陽射しは一番苦手な存在だった。

「ねえ、明日美ちゃん。お兄さん、どうするって？」

そう訊ねながら、千花がドアのところに姿を現した。それを見て、思わず祐介は息を飲んだ。

千花はビキニタイプの真っ赤な水着姿だった。しかも、かなり布地の少ないタイプで、十四歳の瑞々しい肌が、惜しげもなく晒されているのだった。

「水着持ってきてよかったわ。ねえ、お兄さんもいっしょに泳ぎましょうよ～」

千花も明日美と反対側から祐介の腕をつかみ、甘えっ子のように訴えかける。

「ねえ、お兄ちゃん、屋上へ行こうよ～。わたしの水着姿も見せてあげるよ」

「え？　明日美ちゃんの水着姿？」

ハッとしてそちらを見ると、すぐ近くで見つめ合うかたちになった。うっすらと産《う》毛《ぶ》の生えた明日美の頬がポッと赤くなる。

「いやん、お兄ちゃん、そんな目で見ないでよ。恥ずかしくなっちゃう」

「いや、ダメだ。僕は仕事があるんだ。ふたりだけで遊んでおいでよ。僕は絶対に行かないから！」

＊

「……結局、来てしまった」

祐介は強い陽射しに顔をしかめながらつぶやいた。

屋上の共有スペースには、ビニールプールが置かれている。かなり大きなもので、大人が三人いっしょに入れそうなぐらいだ。

「お兄ちゃん、これ持ってて」

肩に羽織っていたバスタオルをパッとはね除《の》けるようにして取り、それを祐介に押しつけると、明日美は歓声をあげながらプールへ走っていく。

明日美が着ているのは、濃紺のスクール水着だ。

千花のようなセクシーな水着を想像していたので、少し拍子抜けしたが、それでも明日美にはよく似合っている。

(それに、スクール水着もいいもんだな)

つい顔がにやけそうになってしまうのを、祐介は必死に堪《こら》えた。

中学高校と陰気だったので、当時の祐介には当然のことながらガールフレンドなどいなかった。

クラスの女子の、裸に一番近い格好である水着姿を見ることができるプールの授業は、そんな祐介には本当に貴重な時間だったのだ。

そのころのことが思い出されて、ほろ苦い思いが込み上げてくる。

「お兄ちゃん！　水、冷たくて気持ちいいよ！」

プールに片足を突っ込んだ体勢で、明日美はこちらを向いて手を振った。

なんの飾り気もない純粋な笑みをぶつけてくる。可愛い……。いくら抑え込もうとしても、どうしても笑みがこぼれてしまう。

「可愛いですよね。あたしも明日美ちゃん、大好きです」

すぐ横に千花が立っていた。にやけた顔を見られてしまった。祐介はとっさにごまかそうとした。

「う……うん、まあ、歳の離れた妹だからね。可愛いよね」

千花は疑り深そうな目で祐介をじっと見つめた。

「な……なに？」

「なんでもありません。じゃあ、あたしも泳ごうかな。これ、お願いします」

肩にかけていたバスタオルを取って、祐介に手渡す。そのとき、赤い水着に包まれた乳房がぷるるんと揺れた。

「う、うん。いってらっしゃい」

祐介のぎこちない返事に、千花はクスッと笑ってからプールのほうへ駆けていった。

小ぶりなヒップに水着が食い込んでいる様子がたまらない。

しばらく呆然と立ち尽くしていると、また明日美の声で我に返った。

「お兄ちゃんも泳ごうよ!」

太陽の陽射しをキラキラ反射させながら、ビニールプールで少女たちが手足をバタバタさせている。

水しぶきが跳ね、屋上のコンクリートに染みを作る。

「僕は水着がないから無理だよ。あんまりはしゃいでケガすんなよ」

しょうがないなあといった表情を作りながら、祐介はビニールプールへ近づいていく。

それは少女たちの水着姿を、もっと近くで見たいからだった。

そのことを認めないわけにはいかない。もう祐介は自分自身に嘘をつくことはできなかった。

キャハキャハ笑いながら、明日美と千花が水を掛け合っている。

明日美はともかく、千花まで楽しげにはしゃいでいる。見た目は大人っぽくても、中身はまだ中学生だ。

微笑ましい気持ちになりながらプールの手前まで来ると、もうビニールプールの中の水がかなり少なくなっていた。

ふたりが大暴れしたために、ほとんどがこぼれてしまったのだ。

「お兄ちゃん、水が少なくなってきちゃった」

明日美が残念そうに言った。

「お兄さん、そこのホースで水を入れてもらえますか？」

千花が視線で示した先には、青いゴムホースが取り付けられた蛇口があった。それを使ってプールに水を入れたのだろう。

「ああ、いいよ」

祐介はホースをつかみ、ハンドルをまわした。ドボドボとプールの中に水を流し込む。だが、普通に水を足してもつまらない。

女子中学生たちのテンションが伝染したのか、祐介の心にふとイタズラ心が湧き上がった。

ホースの先を指で潰すようにすると、出口が狭くなって水が勢いよく噴き出した。

それを明日美に向ける。

「キャー！　冷たいよ！　お兄ちゃん、ひどい〜！」

明日美が非難がましく言いながらビニールプールの中を逃げまわるが、その声は笑いを含んでいる。

「冷たくて気持ちいいだろ？　サービスだよ」

背中を向けて身体を丸める明日美の、スクール水着に包まれたお尻に狙いを定める。

「いやん！」

明日美が飛び上がり、お尻を押さえてこちらを向いた。今度はその身体の前面に水攻撃だ。ふくらみかけの胸に当て、それを下へと移動させる。

ぷっくりとふくらんだ下腹部に水が当たると、明日美は悩ましげな声を出した。

「あっはあああ〜ん」

その声を聞いたとたん、祐介の中に罪悪感が芽生えた。気がつくと股間が勃起していた。

（ぼ……僕はなにを悪ふざけしてるんだ？）

やめようと思ったとき、明日美が千花の両脇に腕を入れて引っ張り起こし、千花を盾にした。

「え、やめてよ、明日美ちゃん」

慌てて千花が振り払おうとするが、しっかりと羽交《はが》い締めにしたまま、明日美が言う。

「お兄ちゃん、今がチャンスよ！　千花ぽよにもかけてやって！」

羽交い締めにされた千花は、ビキニに包まれた肉体をこちらに無防備に晒している。

身体をくねらせるたびに、乳房がゆさゆさと揺れる。

祐介はゴクンと生唾を飲み込んだ。

ここでなにもしなければ、かえって変な空気になりそうだ。仕方なく千花の身体に向けて水をかけた。

「ほら、千花ぽよちゃん、どうだ！」

「いや〜ん。お兄さん、冷たい〜。あああ〜ん」

顔を歪《ゆが》めながら、千花が身体をクネクネさせる。

（ああ、なんてエロいんだろう）

祐介はホースの先を押しつぶし、水の勢いを強くした。その放水で千花の胸から股間にかけてを刺激しつづける。

「あああっ、いや、ダメ、あああっ……」

その声があえぎのように聞こえる。

もう股間が痛いほどに勃起していた。

少し大きめのシャツを着ていたので股間は隠れているはずだが、ひょっとしたら目がギラギラしてしまっているかもしれない。

興奮していることを明日美たちに気づかれたらまずい。

そう思いながらも、放水は徐々に千花の胸に集中していく。やわらかそうな乳房が、放水を受けてさまざまに形を変える様子がエロすぎる。

夢中になって水をかけていると、赤い水着のヒモがほどけ、乳房がぽろんとこぼれ出た。

「あっ」と祐介は声をもらした。

「いや～ん!」

甘ったるい声を出して、千花はとっさに両手で自分の胸を隠す。

一瞬遅れて祐介は我に返った。ホースを下に向け、くるりと背中を向けた。

「ご、ごめん」

あやまりながらも、その目には千花の乳房がはっきりと焼きつけられていた。

白いふくらみの中心にはピンク色の乳首……。

女子中学生の禁断のふくらみが太陽の光を浴び、水に濡れて妖しく光っている様子はいやらしすぎた。

「もぉ、お兄ちゃんたら、調子に乗りすぎよ」

背中に明日美の非難する声が聞こえた。

「あたしは平気よ。ちょっとしたアクシデントだもん」

千花の声も聞こえた。怒ってはいないらしい。

ゆっくりと後ろを振り返ると、水着はまたきちんとつけられていた。

「僕、仕事しなきゃいけないから部屋に戻るね。ふたりもほどほどにな。あんまり日焼けしすぎたら、痛くて眠れなくなるからね」

いちおう、大人の男らしいことを言ってから、祐介は屋上をあとにした。

早くひとりになって、この下腹部の火照りをなんとかしたかった。

スクール水着の明日美の股間に水をかけた瞬間の興奮、そして千花のオッパイがポロリした瞬間の興奮。

その興奮は強烈すぎて、もう理性が麻痺してしまいそうだ。その理性を取り戻すためには、下腹部に高まっているものを自分で早々に放出するしかないのだった。

2

「明日美ちゃん、今日の昼間、お兄さんのアレ、絶対に硬くなってたよ」

部屋の中央に並べて敷かれた布団に横になり、千花が言った。

「そうかな？」

明日美は布団の上に仰向けに寝転んだまま言った。

「だって、部屋に戻るときに、お兄さんは腰を屈《かが》めた変な格好で歩いていったじゃない？」

「まあ、そうだよね」

確かにそれは明日美も感じた。

（でも、あれは千花ぽよのオッパイポロリを見て興奮してしまっただけよ。わたしの水着姿で興奮してくれたわけじゃないわ。わたしなんか、股間に水をかけられたとき、まるでお兄ちゃんに直接触ってもらったように感じて、秒でイキそうになったのに……）

「もうひと押しよ。明日美ちゃん、がんばって」

いだった。

「あ、あたし、そろそろお風呂に入ろうかな。お先に失礼」

千花が不意にそう言って、着替えを持って部屋を出ていった。少し怒っているみた

「う〜ん。でも……」

千花に励まされても、やっぱり自信が持てない。自分も千花みたいに胸が大きかったら、もう少し自信が持てると思うのだけど……。

初体験の後押しをしてほしいと頼んでついてきてもらったのに、ずっとモジモジしているのであきれられたのかもしれない。

「あ〜！　だって、自信がないんだもん〜！」

明日美は布団に顔を押しつけて、声がもれないようにして叫んでみた。

ほんの少しスッキリした。そして明日美は、昼間のことを思い返した。祐介が逃げるように屋上から立ち去ったときのことを……。

（あのとき、シャツが邪魔でよく見えなかったけど、お兄ちゃんはほんとに勃起してたのかな？　お兄ちゃんのオチ×チンって、どんななんだろう？　大きいのかな？　太いのかな？　長いのかな？）

そんなことを考えていると、下腹部がムズムズしてきた。明日美はショートパンツ

のウエスト部分から、パンティの中に手を入れた。

「あんっ……」

指が触れた瞬間、身体がピクンと震えてしまった。

もう最近は祐介のことを考えてオナニーをするのが習慣になっていた。そのせいか、だんだん敏感になってきているような気がする。

軽く触れただけで、感電したように身体が痺れてしまうのだ。

「ああ、お兄ちゃん、優しく触ってぇ……」

明日美はイメージの中の祐介のために、大きく股を開いていった。

3

「ああ～！」

祐介は椅子の背もたれに身体を預けて伸びをした。

けっこう集中して仕事ができた。それはビニールプールの一件があったあと、自家発電でスッキリしたからだ。

妻の妹とその友だち相手に興奮してしまったことには、もちろん罪の意識はあったが、ふたりが魅力的するぎるのだから無理はない。

あの状況で興奮しなかったら男として終わってる、と思えるようになっていた。

でも、オナニーのオカズにするのはまだ許されるが、実際に手を出したら、もうそれはシャレにならない。気をつけなければ。

そう自分に言い聞かせながら祐介は立ち上がり、仕事終わりのビールでも飲もうと部屋を出た。

キッチンで冷蔵庫から缶ビールを一本出してリビングへ向かうと、風呂上がりらしく、髪が濡れた状態の千花がひとりでテレビを観ていた。

Tシャツにショートパンツ姿で、ソファの上にあぐらをかいて座っている。

太股が惜しげもなく剥き出しにされているのだけでもまぶしいが、ショートパンツの裾から股えくぼがのぞいてしまっているのがエロすぎる。

祐介は慌てて視線を逸らしたが、なにも声をかけないのは不自然すぎるので、なんとか質問をひねり出した。

「千花ぽよちゃん、ひとりでどうしたの？」

そう声をかけると、千花はチラッと子供部屋のほうに視線を向けてから、少し困ったように首を傾《かし》げた。

部屋に戻れない理由があるらしい。

「ケンカでもしたの？」

「ううん、そうじゃないんだけど、あたしがお風呂に入っているあいだに……」

千花は言いにくそうにしている。

何気なく耳を澄ますと、テレビの音が途切れた瞬間、微かに明日美の声が聞こえた。

それはどこか艶を含んだ苦しげな声……。

聞いてはいけない声のような気がした。すぐにまたテレビが騒がしい音を流しはじめ、明日美の秘め事を覆い隠した。

ますます気まずい空気になってしまった。

祐介はひとつ咳払いしてから、とりあえずビールを喉に流し込む。沈黙が苦しい。

仕事部屋に逃げ込もうかと思ったときに千花が言った。

「いっしょにテレビを観ません？」

千花はソファの上を横に詰めて、スペースを空けてくれた。

「う……うん、そうだね」

断るのも変なので、祐介はその横に座った。

すると、千花がいきなり身体を寄りかからせて、祐介の肩に頭を載せてきた。

「え？　ちょっ……ちょっと、千花ぽよちゃん」

驚いたが、祐介は立ち上がろうとはしなかった。

シャンプーとボディソープの匂いに混じって、女の子独特のいい匂いがした。それをもっと吸っていたかったからだ。

そして、その匂いと千花の身体の重みが祐介の性欲を刺激し、すぐにムクムクとペニスが硬くなりはじめる。

祐介の肩に頭を載せたまま、千花が言った。

「お兄さん、昼間、プールであたしのオッパイを見て勃起してたでしょ？」

「な、なにを言うんだ。そんなわけないじゃないか」

「じゃあ、明日美ちゃんの股間に水をかけて勃起してたんですか？」

「うっ……」

祐介は返事に詰まってしまった。やはり気づかれていたか……。

「図星なんですね？」

「い……いや……そんなことは……」

祐介がしどろもどろになっていると、千花はソファから降りて祐介の正面に立った。

「明日美ちゃんの気持ち、わかってますよね？」

「……明日美ちゃんの気持ちって？」

「明日美ちゃんはお兄さんのことが好きなんです。わかってるんでしょ？」

確かに明日美の好意は感じていた。でも、年上の男に憧れるなんてことは、中学生ぐらいのころには誰にでもあることだ。

それに明日美は女ふたりの姉妹なので、兄がほしいと子供のころからよく言っていたらしい。

大人の男女の恋愛感情とはまた違う。

「中学生の憧れごっこになんか付き合ってられないよ」

「憧れごっこでもいいじゃないですか。あたしもお兄さんのこと、好きですよ」

そう言うと千花は、上目遣いに祐介の目を見つめた。

大きな円《つぶ》らな瞳は少し青みがかっていて、すごくきれいだ。祐介もつい見つめ返してしまう。

「あたしが誘っても断りますか？」

「それはもちろん……。千花ぽよちゃんは中学生じゃないか。そんなの絶対に許されないよ」

「大人なんですね？」

「え？」

「やっぱりお兄さんは大人なんだなって思って……。だけど、あたしたちはまだ子供だから、そんな思慮分別なんかないんです。好きになったらその相手のことを思いっきり愛したいって思うんです」

そう言うと千花は祐介に抱きついてきた。ソファに座った状態の祐介に跨がり、ギュッとしがみつく。

オッパイが祐介の顔に押しつけられる。やわらかくて、それでいて弾力があり、その中に若々しいエネルギーがいっぱい詰まっている。

昼間、太陽の下で見た乳房が、記憶の中に生々しく蘇《よみがえ》ってきた。色が白くて、丸くて、ぷるぷるしてて、そして乳首はきれいなピンク色で……。

ゴクンと喉が鳴ってしまった。

「ダメだよ」

ハッとして立ち上がると、千花は後ろに弾き飛ばされるようにして、床の上に尻餅をついた。

「ああ～ん。痛い～」

「ご、ごめん」

祐介が腕をつかんで引っ張り起こそうとする。千花は膝立ちになった。

それはいかにも微妙な位置関係だった。まるで、これから口腔奉仕するかのような体勢だったのだ。

そう思ったとたん、ハーフパンツの中ですでに硬くなっていたペニスが、一気にフル勃起状態になってしまった。

「うっ……」

狭いズボンの中で勃起したために、ペニスが折れそうになって激痛が走った。

「お兄さん、どうしたんですか？」

千花が不思議そうに訊ねる。大人っぽく見えても、まだ男の身体の仕組みをよく理解していないようだ。

「ん？　いや、なんでもない。さあ、仕事のつづきをしなきゃ」

ごまかして立ち去ろうとしたが、千花がそれをさせなかった。

「待って！」

両手で祐介の太股を、そっと押さえた。

「興奮してきちゃったんですね？　もう勃起してるとか……？」

そう言うと千花は祐介の股間に視線を向けた。千花の顔と祐介の股間は、二十センチほどの距離だ。

「な、なにを言うんだ。そんなわけないじゃないか。あはは……」

笑ってごまかそうとしたが、千花は真剣な表情を崩そうとはしない。

「あたし、見たことないんです」

「え？　なにを？」

「……オチ×チンです。ねえ、見せてもらえませんか？」

どうやら千花は性経験がないらしい。中学生だから当たり前のことだが、興味はあるようだ。それなら、見せてあげるぐらいなら……。

「だ、ダメだよ」

祐介は激しく首を横に振った。

「女子中学生にペニスを見せるなんて変態オヤジのすることだよ」

「じゃあ、見るだけじゃなくて……フェラチオしてあげます。いいでしょ？　あたし、明日美ちゃんのために、中学生の女の子だってちゃんと男の人を楽しませることができるって証明したいんです」

千花は祐介の返事も待たずに、ハーフパンツを引っ張り下ろした。腰がゴム紐のハーフパンツだったので、あっと思ったときには、もう足首まで引っ張り下ろされていた。

「はあっ……」

千花が息を飲んだ。祐介が穿いていたボクサーパンツは、もう勃起ペニスの形に盛り上がっていた。

「お兄さん、これも……これも脱がしていいですか？」

千花がすがるような目で見上げてくる。

（ダメだよ。そんなの、ダメだって）

祐介は心の中でつぶやいたが、それは声にはならなかった。

千花のやわらかそうな唇が半開きになっている。

その唇のあいだに自分の勃起したペニスを出し入れする様子を想像しただけで、ピクピクとペニスが痙攣してしまう。

「あっ……パンツに染みが……」

伸びきったボクサーパンツの亀頭の部分の色が変わってしまっていた。それはもう我慢汁が滲み出ているのだ。

もちろん処女である千花にはそんなことはわからない。だが、それでも祐介の身体になにか変化が起こっていること……そして、それは性的な期待感によるものだということはわかるらしい。

「脱がしますね」

「でも……明日美ちゃんが部屋から出てきちゃうよ」

「大丈夫です。明日美ちゃんは一度オナニーを始めると長いんです。だいたい疲れて眠るまでつづけちゃうから平気です。だから、いいですよね？」

もう祐介の返事を待たずに、千花はボクサーパンツのウエスト部分に指をかけて、ゆっくりと引っ張り下ろす。

だが、生地が伸びきった状態のため、どうしても亀頭が引っかかってしまう。

ペニスの仕組みがよくわかっていないのだろう、千花はボクサーパンツをそのまま無理やり引き下ろす。

次の瞬間、ペニスが勢いよく頭を跳ね上げて、下腹に当たって、パン！　と大きいな音がした。

「はあっ……」

千花が息を飲み、呆然と勃起ペニスを見つめる。興奮というよりも、恐怖を感じているようだ。

そのウブな様子が今までに経験したことがない興奮を祐介に与えた。

「千花ぽよちゃん……どう？　これが大人の男のペニスだよ。思ってたより、ずっとグロテスクだろ？」

そう言うと同時に、興奮のあまり、ペニスがビクンビクンとひとりでに頭を振った。

「はあぁっ……」

また千花が息を飲む。

大人っぽい印象があったが、やっぱりまだ子供だ。自分から「フェラチオする」と言ったことを後悔しているに違いない。

(なにも、心配する必要はなかったんだ)

ほっと安堵の息を吐き、祐介は腰を屈めて、下ろされたばかりのボクサーパンツを引っ張り上げようとした。

「待って！」

千花の声が祐介の動きを止めさせた。

「お兄さん、オチ×チンを見せてくれてありがとう。思ってたよりずっと大きくて、ちょっとびっくりしちゃったけど、約束どおり、お口でしてあげます。中学生だって、ちゃんとできるんだってことをわかってほしいから……」

そう言うと、千花はおそるおそる、祐介の股間に手を伸ばしてきた。

「ち……千花ぽよちゃん……うぅっ……」

細くてしなやかな指先がペニスをそっとつかむ。ひんやりと冷たいその感触に、ペニスがビクン！と身震いした。

「はあぁ……」

千花が吐息をもらした。

それはペニスの反応に驚いているようであったが、それと同時にどこか官能の気配が感じられる吐息だった。

（千花ぽよちゃん、興奮してるんだね？）

頰をほんのりと赤くしている千花の顔を見下ろすと、祐介の興奮は一気に高まり、ペニスがピクピクと震える。

「これ……このあと、どうすればいいんですか？」

ペニスを握り締めたまま、千花が困ったように訊ねた。

さっきまでは、こんなことは絶対にダメだ、と思っていたが、今はもうそんな常識的なことは考えられない。

祐介は乞われるまま、中学生に淫靡な愛撫の仕方を教えてしまうのだった。

「フェラをする前に、まず手でしてごらん。そうやって握ったまま、手を上下に動かすんだ」

「こ……こうですか？」

千花は慎重に、ペニスをつかんだ手を上下に動かしはじめる。

「そ……そう。すごく気持ちいいよ」

ピクピク細かく震えながら、ペニスはさらに硬さを増していく。

「あぁ、すごい……さっきより、また大きくなったわ」

「うう……それは、千花ぽよちゃんの手コキが気持ちいいからだよ。あううっ……」

「なんだか楽しくなってきちゃった」

上気した顔に、無邪気な笑みを浮かべながら、千花はペニスをしごきつづける。その可愛らしい顔と、手コキという淫靡な行為のコラボがたまらなく卑猥だ。

「あっ……なんか出てきた！」

千花が手の動きを止めて亀頭に顔を近づけた。

「我慢汁だよ。さっきパンツの染みができてただろ？　あれもこれが原因だよ。気持ちいいと滲み出てくるんだ」

「へえ〜。そうなんですね。ああ、なんだかエッチだわ」

亀頭の先端をのぞき込みながら、千花がしみじみと言う。そして、舌を伸ばし、我慢汁をペロリと舐めた。

「うっ……」

ペニスがビクン！ と激しく脈動し、千花の手を振り払う。

「すっごい……舐められると、そんなに気持ちいいんですか？」

千花が目をキラキラさせながら訊ねる。生まれて初めての行為に好奇心を抑えきれない様子だ。

「う……うん、そうだね。気持ちいいよ。それに千花ぽよちゃんみたいに可愛い子が僕のペニスを舐めてくれているっていう状況にも興奮するんだ」

「可愛いだなんて……」

照れくさそうに顔をしかめると、千花はまたペニスをつかみ、先端を自分のほうへと引き倒した。

「じゃあ、もっと気持ちよくしてあげますね。こんな感じで大丈夫ですか？」

千花は亀頭をペロペロと舐めまわしはじめた。

幼さの残る顔のため、アイスキャンディを舐めているとしか思えない。だが、千花が今舐めているのは勃起したペニスなのだ。

そのギャップが、祐介が受ける快感を何倍にもしてしまう。

「あっ……うぅ……千花ぽよちゃん……うぅ……気持ちいいよ。あああ……」

祐介は千花のフェラチオを邪魔しないように、両手を身体の後ろにまわして股間を突き出しつづけた。

「これ、口に含んだほうがいいんですよね？　だけど、こんな大きいの、入るかな？」

不安げに言うと、千花は口を精一杯大きく開けてペニスを咥えようとした。

だが、今どきの子供らしく顔が小さい千花は、口も小さい。

それに祐介のペニスはふだんよりも二回りほど大きくなっていたので、千花の口を完全に塞いでしまうのだった。

「はぐぅ……」

ペニスの半分ほどを口に含むと、千花は苦しげな呻《うめ》き声をもらした。だが、その様子がまた可愛らしい。

そう思ったとたん、ペニスがビクンビクンと脈動を繰り返す。

「うぐっ……うぐぐ……」

それでも千花は首を前後に動かしはじめた。いちおう、フェラチオはどういうふうにするかは知っているらしい。

唇の端から涎が溢れ出て、ゆさゆさ揺れる胸元に滴り落ちる。

「ううっ……」

祐介の頭の中に、ある卑猥な思いつきが浮かんだ。と同時にペニスがまたビクンビクンと暴れてしまう。

「はっうっぐ……」

千花が慌てて身体を引き、ペニスを口から出した。苦しげに噎《む》せ返る。

「千花ぽよちゃん、大丈夫か？」

「は……はい、大丈夫です。だけど、フェラチオって難しいですね。お兄さんをもっと気持ちよくしてあげたいのに……」

目を真っ赤にしながら、唾液に濡れた唇を可愛らしく動かして千花が言う。その唇は魅力的だ。フェラチオも上手ではないが、充分に気持ちよかった。

だが、それよりももっと違う場所が、祐介は気になってしまうのだった。

「それならさ。違う方法で気持ちよくしてくれてもいいんだよ」

「違う方法？」

不思議そうに首を傾げる。と、次の瞬間、ハッとしたように千花は姿勢を正し、内腿をきつく閉じた。

やはり、そっちはまだかなりハードルが高いらしい。でも、祐介は最初から、そこまでは望んでいなかった。

「違うよ。パイズリだよ」

「……パイズリ？　それ、なんですか？」

また千花は不思議そうな表情を浮かべた。その無垢な表情は何度見ても可愛らしい。

祐介は説明してやった。

「ペニスをオッパイで挟んでもらって、手コキみたいに動かすんだ。千花ぽよちゃんにできるかな？」

千花はその様子を頭の中にイメージしたらしい。顔を真っ赤にしながら、探るような表情で訊ねる。

「……その……パイズリって、されたほうは気持ちいいんですか？」

「うん。気持ちいいよ。それに千花ぽよちゃんみたいに可愛くてオッパイの大きな娘にされると、すっごく興奮するんだ。どうかな？　やっぱり無理かな？」

そう訊ねながらも、祐介のペニスは破裂しそうなほど力を漲《みなぎ》らせていた。千花はその勃起をじっと見つめて、コクンとうなずいた。

「できます。あたし、お兄さんにパイズリしてあげます」

そう言うと、千花はおもむろにTシャツを脱ぎ捨てた。ピンク色の可愛らしいブラジャーに包まれたバストが露《あらわ》になる。

最近急に大きくなったのか、サイズがいまいち合っていないようだ。白いふくらみが半分こぼれ出そうになっている。

「それも……それも取ってもらえるかな」

祐介は生唾を飲み込んで言った。

「……はい」

やはり恥ずかしいのだろう。少し迷うような間があったあと、千花は決意を込めるように言って手を背中にまわした。

ホックを外すと同時に、押し込まれていたやわらかな巨乳が勢いよくこぼれ出た。

「はぁぁぁん……」

恥ずかしげに声をもらし、乳房を両腕で隠そうとする。そんな千花に祐介は言った。

「ダメだよ、隠しちゃ。パイズリしてくれるんだろ？　やっぱり中学生には無理かな？」

千花は一瞬、悔しそうな表情を浮かべた。

「大丈夫です。ちょっと恥ずかしいけど、お兄さんに見せてあげますね」

そう言うと、千花は両腕をどけた。

祐介の前に、女子中学生の乳房が剝き出しになった。

「おお……」

思わず声がもれてしまった。

昼間、プールで水をかけたときに水着が脱げたが、あのときは一瞬だったし、離れていたのでよく見えなかった。

それが今は、手を伸ばせば届く位置にあるのだ。

祐介は目を懲らして、千花の乳房を見つめた。Eカップはあるだろう、白いふくらみの頂《いただき》には、色素の薄い乳首がツンと尖っている。

新鮮な果実を目の前にしたときのように、口の中に唾液があふれてくる。それを音がしないように気をつけて飲み込んでから、祐介は言った。

「じゃあ、してもらえるかな？」

祐介は足を肩幅ぐらいに開いて、高さを調節するように少し腰を落としてやった。

「は……はい……」

恥ずかしそうに顔を背けたまま、千花は祐介の股間に胸を近づけてくる。そしてペニスを自分の胸の谷間に当てて、左右のオッパイで挟んでみせた。

やわらかなふくらみが唾液に濡れたペニスに、左右からむにゅっと押しつけられる。

「はあぁ……」

思わず声がもれてしまった。

それぐらい気持ちいいのだ。しかも、幼い顔立ちと豊満な乳房というギャップが、挟まれたペニスに感じる快感をよけいに強烈にする。

「これで……これで気持ちいいんですか？」

なぜだか千花は苦しげな呼吸で言う。自分がしている卑猥な行為に興奮しているらしい。

だが、もっと卑猥な行為を祐介は催促するのだった。

「ただ挟んでてもダメだよ。パイズリっていうぐらいだから、擦らなきゃ。さっき手と口でしてくれたみたいに、そのまま身体を上下に動かしてペニスを擦って」

「こうですか？」

頬を赤らめながら、千花はショートパンツだけを身につけた姿で、身体を上下に動かしはじめた。

左右から自分で乳房を押さえて、あいだに挟んだペニスを締めつけているその様子は、たまらなく卑猥だ。

そして、唾液の助けを借りて乳房のあいだをヌルリヌルリと滑り抜けるペニスに受ける快感も、かなりのものだった。

「うう……いいよ、千花ぽよちゃん、その調子……あああ……」

祐介は仁王立ちしたまま、可愛い女子中学生のパイズリを堪能しつづけた。

「はあぁぁ……あぁぁぁん……」

千花がときおり切なげな声をもらす。

恥ずかしさのためか、千花も胸の谷間を肉棒で擦られて興奮しているのか、頰を上気させ、わずかに開いた唇から熱い吐息をこぼれさせている。

「千花ぽよちゃんも気持ちよかったりするの？」

「う……うん。なんだか変な気分になってきちゃいました」

その言葉を裏付けるように、乳首がもうビンビンになっている。ほとんど無意識のうちに祐介の手がそこに伸び、乳首をつまんでいた。

「いやっ」

千花が短く悲鳴をあげ、腰が抜けたようにその場に尻餅をついた。かなり敏感になっていたようだ。

「だ……ダメです、お兄さん。今は、あたしがお兄さんを気持ちよくするだけですよ」

「え？　そうだったね。ごめん」

いつしか普通に恋人同士のような気分になっていたが、もともとこれは女子中学生でも大人の男を気持ちよくしてあげることができるのを証明するための行為だったのだ。

でも、もう興奮がマックスに達していた。

煮えたぎる性の思いを放出しないことには、紳士や人のいい優しいお兄さんに戻ることはできそうもない。

「じゃあ、もう乳首をつまんだりしないから、パイズリのつづきをしてもらってもいいかな？」

「は……はい、それは大丈夫です」

「でも、今度は僕が動くよ。そっちのほうが楽だろ？　千花ぽよちゃんはそのままでいいからさ」

有無を言わせず千花の身体を押して仰向けにし、その胸のあたりを跨いだ。

馬乗りになった状態で、反り返るペニスを上から押さえつけるようにして、千花の胸のあいだに押しつける。

「さあ、両側から挟んで」

「は、はい。こうですか？」

千花は左右から乳房を押しつけてくる。やわらかくて弾力のある乳房がペニスを挟み込む。

「ああ、気持ちいいよ。じゃあ、動かすからね」

祐介は千花に跨がったまま腰を前後に動かしはじめた。汗と唾液でヌルリヌルリとペニスが乳房のあいだを滑り抜ける。

冷房を入れていたが、興奮のせいなのか千花はもう汗まみれだった。そして、その汗が潤滑油となって、ペニスが滑り抜けるのを手助けしてくれるのだ。

勃起ペニスがふたつの乳房のあいだに完全に埋まったり、先端がヌルンと顔をのぞかせたりする。

その様子と、火照った千花の顔を同時に見ていると、ペニスに受ける快感がより強烈になるようだ。

「あああん……お兄さん、はあああん……」

まるで肉穴を穿たれたときのように、千花が悩ましくあえいでみせる。

「こうやって擦られると、千花ぽよちゃんもやっぱり気持ちよかったりするのかな？」

「う……うん。なんか変な感じですぅ。はあああっ……」

可愛らしい少女の乳房の谷間をペニスで穿《うが》つ。猛烈に興奮する状況だ。祐介は夢中になって腰を振りつづけた。

「千花ぽよちゃんのオッパイ、すごく気持ちいいよ。パイズリなんか、今まで興味なかったけど、ううう……、こんなに気持ちいいなんて。それはやっぱり、千花ぽよちゃんのオッパイだからだね。ああ、すごいよ。僕のペニスが千花ぽよちゃんのオッパイのあいだから顔を出したり隠れたりしてるんだよ」

「あぁ……いやん、お兄さん、そんなことをいちいち言わないでぇ……。恥ずかしくなっちゃうぅ……はあああん……」

火照った顔を恥ずかしげに歪める千花。その豊満な乳房の谷間を勃起ペニスがヌルヌルと擦っている。

「ううう……気持ちいいよ、千花ぽよちゃん……うううう……」

快感の高まりにつれて、徐々に祐介の腰の動きが激しくなっていく。まるでロデオマシーンに乗っているかのように、腰を動かしつづける。

「はあぁん……あっはぁぁん……お兄さん……あああん……」

千花は両手を使って左右から乳房でペニスを挟みながら、ときおり悩ましい声を絞り出した。

乱暴に擦られた乳房が赤くなり、そのあいだを行ったり来たりしている祐介の肉棒も真っ赤に充血し、パンパンにふくれている。

その肉棒の中に充満した思いが破裂するのは近い。

「千花ぽよちゃん、僕、もう……」

祐介が苦しげに言いながら腰の動きをさらに速めると、千花も悩ましく鼻奥を鳴らしながら左右からぎゅうっと乳房を押しつけ、肉棒を締めつけてくる。

「あぁぁぁん、お兄さんんん……はあああん……」

千花の切なそうなあえぎ声を聞き、ムズムズとした感覚が祐介の身体の奥のほうから湧き上がってくる。

「ううっ……だ、ダメだ。もう出そうだ」

「え？　なに？　なにが出そうなんですか？」

「せ……精子だよ。うううっ……このまま……このまま出していいかい？」

「あぁぁぁん……お兄さん……そ……それは……」

千花が眉を八の字に寄せて困惑の表情を浮かべる。

だが、返事を待っていられない。それに、もしもダメだと言われても、もう自分を抑えられそうもなかった。

「ああぁっ……で……出るよ、千花ぽよちゃん……ううぅっ！」

祐介は腰の動きを止めた。

やわらかな乳房のあいだから先端をのぞかせた肉棒がピクピクと震え、次の瞬間、白濁した体液が勢いよくほとばしり出た。

「お、お兄さん！　はああん！」

祐介の灼熱の体液は、千花の胸元から喉、そして、顔へと飛び散った。

ドピュン！　ドピュン！　と断続的に精液を噴き出させ、そのたびに千花の可愛らしい顔を白く汚していく。

「はあぁ……千花ぽよちゃんのパイズリ、すごくよかったよ」

射精が完全に収まると、祐介は最後に管の中に残った精液を乳房の上に絞り出し、満足げにつぶやいた。

第三章　三日目——美処女ヌードモデル

1

明日美が目を覚ますと、もうカーテンの隙間から明るい陽射しが差し込んできていた。

ゆうべは祐介のことを思いながらオナニーをして、エクスタシーの余韻に浸りながら眠ってしまった。

その心地よい余韻はまだつづいていた。

ごろんと寝返りを打つと、千花が横にいた。眠っているのかと思ったら、目が開いている。

「起きてたの？」

明日美がびっくりして訊ねると、千花は顔だけをこちらに向けた。大きな目が赤く充血している。

「なんだか眠れなくて……」

千花が眠れないなんて珍しい。どんな場所でも一瞬で眠れるのが特技なのに。

「なにかあった？」

「え？　ううん……別に……」

女の勘がピンと反応した。

「お兄ちゃんのことでしょ？　ねえ、話してよ」

明日美が問いただすと、千花はあっさり白状した。

「昨夜、お兄さんにフェラしちゃったの」

「ウソ!?」

「ほんとよ。それにパイズリもしちゃった」

「マジ？」

「マジよ」

「いつの間に？」

「明日美ちゃんがオナニーしてるあいだによ」

気づかれていた……。恥ずかしくて身体が熱くなってしまう。だが明日美はそのことをあえてスルーして話を進めた。

「あ〜ん、ずるい〜……ひょっとして初体験もしちゃったの？」

「それはしなかったわ。ショートパンツも脱いでないもん」

「そっか……」

明日美はほっと息を吐いた。

憧れのお兄ちゃん相手に処女喪失をしたいと思って、夏休みにこうしてやってきたのに、千花に先を越されたら悲しすぎる。

フェラとパイズリだけでも、かなりショッキングなことだが、親友である千花のことだ、ただ性欲の赴《おもむ》くまま祐介とそんなことをするわけがない。

そんな明日美の考えが正しかったことを証明するかのように、千花が言った。

「でも、これでお兄さんのモラルのハードルはかなり下がったはずよ。だって、妹の親友の女子中学生にパイズリをさせたんだもの。明日美ちゃんも積極的にいけば、きっとお兄さんと初エッチができるわよ」

祐介が明日美のことを意識しながらも、義理の兄妹であることを理由に自分の気持ちにブレーキをかけていることに、千花は気づいていたのだ。

確かに、千花にパイズリをさせたというのは、かなり祐介の気持ちが揺れているようだ。

「でも……」

明日美はいじけたように唇を突き出しながら、自分の胸をわしづかみにした。

千花は同級生の中でも一番の巨乳だ。それに比べて明日美の胸は、まだほんのふくらみかけ。

パイズリというのが胸の谷間にペニスを挟むことだというのは知っているが、明日美の乳房を使ったパイズリでは、おそらく祐介を満足させることはできないだろう。

親友の千花は、そんな明日美の気持ちを理解してくれている。すぐに勇気づけるように言った。

「大丈夫よ。明日美ちゃんはすごく可愛いもん。オッパイ以外の魅力を前面に出してグイグイ押したら、お兄さんも簡単に落ちちゃうわよ」

「そうかな?」

「そうよ! がんばって、明日美ちゃん!」

俄然、勇気が湧いてきた。祐介も聖人君子ではないのだ。性欲のある、ごく普通の男なのだ。

そのことがわかっただけでも、かなりの進展だ。

「でも、どうやったらいいのかな？　わたし、かなりがんばってるつもりなんだけど、いまいち反応がよくないし」

「あたしにいい考えがあるの。ちょっと耳を貸して」

千花は誰に聞かれるという心配もないはずなのに、明日美の耳元で作戦を語りはじめた。

2

机の前に座り、祐介は頭を抱《かか》えていた。

さっきメールが届いた。担当の編集者からだ。昨日送ったイラストについてダメ出しが書かれていた。

デッサンが狂っていると編集長から指摘があったので描き直してくれ、という内容だった。

確かに、自分でも自信がなかった。とにかくありえないアクロバティックな体勢のイラストなのだ。

インターネット上には似たようなポーズはあったものの、写真だと骨格がよくわからない。やはり立体をいろんな角度から見ないと、リアルな絵は描けない。

美術系の学校に通ってデッサンをちゃんと勉強しておくべきだった。

今さらそんなことを思っても遅い。明日までに描き直してメールで送ってくれと書かれていた。

「はぁ……どうしたらいいんだろう？」

自分の才能のなさに嫌気が差してしまう。

そのとき、ドアをノックする音がした。

千花だろうか？　今日は朝食はひとりで先に食べて、彼女たちの分はテーブルの上に用意だけしておいた。

昨夜、千花にあんなことをしたので、気まずくて顔を合わせたくなかったからだ。

妹の友だちである女子中学生にパイズリをさせるなんて、ありえないことだった。

自分の愚かな行為に、穴があったら入りたい気分だった。

またノックの音がした。さすがに無視をするわけにはいかない。

「どうぞ」

声をかけるとドアが開き、明日美が顔をのぞかせた。

「お兄ちゃん、仕事中？　ちょっといい？」

千花でないことで少しほっとしたが、今度は違う居心地の悪さを感じた。

明日美は千花から昨夜のことを聞かされただろうか？　女子中学生があんな出来事を秘密にできるとは思えない。

しかも、ふたりは大の仲よしなのだ。きっと、事細かく報告されたことだろう。

明日美の視線が痛い。

「どうした？」

なんでもないふうを装いながら訊ねると、明日美は遠慮がちに部屋の中に入ってきた。

腕を身体の前に置き、モジモジしながら言う。

「千花ぽよは東京に住んでる友だちがいるらしくて、今日は一日その子と遊ぶって言って出かけちゃったの。それで暇だから、居候《いそうろう》させてもらっているお礼に、絵のモデルをしてあげようかなって思って……」

グッドタイミングだ。こういうのをシンクロニシティというのだろうか？　とにかく、これでプロのイラストレーターとして生き残ることができるかもしれない。

「ありがとう！　実はちょうどモデルがほしいと思ってたんだよ」

祐介が言うと、明日美はパッと表情を明るくした。

うれしそうな笑顔が、最高に可愛い。気まずい思いなど一瞬で吹き飛んでしまう、天真爛漫な笑顔だ。

「じゃあ、今から僕が言葉で説明するポーズをとってみて」

そう言ってから、祐介は小説の文章を読み上げた。

「ゆり菜は足を一歩踏み出した瞬間、前から飛んできた蜂に驚き、大きく身体を仰け反らせた」

「こう……かな？」

「うん、いいねえ。つづけるよ。その状態で右手を地面についたまま、左足で蜂を蹴り上げる」

「こ……こう？」

明日美は身体がかなりやわらかいようだ。祐介が言うポーズを、あっさりこなしてしまう。

「う……うん。そんな感じだね。ちょっとデッサンするね」

スケッチブックと鉛筆を手に持ち、ベストアングルを探して明日美の周囲をぐるりとまわった。

「う〜ん……」

思わず渋い声が出てしまった。

「どうしたの？」

明日美は膝までのダボッとしたハーフパンツと、上半身も身体のラインが出にくいビッグサイズのTシャツを着ていた。

寝間着にするには楽な服装だろう。だが、デッサンのモデルには、あまりふさわしくない。

「いまいち、骨格がわかりづらいっていうか……」

祐介が遠慮がちに言うと、明日美はハッとしたように大きく目を見開いた。

「あっ、そうだよね。絵のモデルって、普通、裸だもんね。いいよ。お兄ちゃんのためだもん、一肌脱ぐよ」

そんなことを言いながら明日美は、まるでこれから風呂に入るかのように、ごく自然な態度で服を脱ぎはじめた。

今度は逆に、祐介が慌てて止めてしまう。

「えっ、でも、そこまでしなくても……」

「なに言ってるのよ。お兄ちゃんはプロのイラストレーターなんだから、モデルもプロ意識を持たなきゃ」

そう言いながら、明日美はもうブラジャーとパンティだけという姿になっていた。レースの飾りがいっぱいついた可愛らしい下着だ。

プロ意識などと生意気なことを言いながらも、実際はかなり恥ずかしいのだろう。明日美は胸元まで真っ赤になっている。

恥ずかしいのは祐介も同じだ。義理の妹、しかも女子中学生の下着姿は禁断すぎる。おまけに部屋の中は、LED蛍光灯と窓から差し込む自然光でかなり明るい。妹の裸を見て興奮するのは許されないことのように思え、祐介は明日美の身体をまともに見ることができない。

だが、視界の端で明日美が動くと、祐介の視線はついそちらへ引き寄せられてしまう。

そんな祐介の目の前で、明日美は背中に腕をまわしてブラジャーのホックを外した。

「あ……明日美ちゃん……」

まさかブラジャーまで外すとは思っていなかった。

驚いている祐介に、明日美は緊張した笑みを浮かべながら言う。

「人間の筋肉とかの動きが全部見えたほうがいいんでしょ？　それならわたし……お兄ちゃんのためにがんばる」

両腕からブラジャーを引き抜いた。麻由子や千花に比べれば小ぶりな乳房が露になった。

だが、思っていたより、ずっと豊満だ。Ｃカップぐらいはあるのではないだろうか？

しかも、形がきれいだ。釣り鐘型の乳房は、手のひらにちょうど収まりそうな大きさで、乳首がツンと上を向いている。

その乳首もきれいなピンク色で、大きさも控えめだ。いかにも少女の乳首といった佇《たたず》まいがそそる。

「あぁ……きれいだ……」

思わずそんな言葉をつぶやいてしまっていた。明日美の顔が真っ赤になった。

「ありがと。じゃあ、こっちも脱ぐね」

恥ずかしそうにしながら祐介の反応に礼を言うと、明日美は今度はパンティに手をかけた。だが、さすがに勇気が出ないらしい。

唇をギュッと嚙むと明日美は無言で祐介に背中を向け、勢いをつけるようにしてパンティを脱ぎ下ろした。

こちらもまた小ぶりなヒップが、するんと剝き出しにされた。そして腰を屈めて両足から抜き、パンティをすばやくTシャツの下へと隠した。

その様子を祐介はじっと見つめていた。

キュッと引き締まったヒップ。意外と脚が長くて、スタイルがいい。

幼児体型だと思っていたが、ウエストもくびれていて、全体的に脂肪の量が少なめというだけで、ちゃんと女の身体つきだ。

しかも、肌が透き通るようにきれいで、屋上のプールで遊んで日焼けしたのか、ほんの少し水着のあとがついてしまっているのも、また卑猥だった。

「お兄ちゃん、全部脱いだよ」

そう言うと、明日美は身体をこちらに向けた。

「えっ？」

祐介は思わず驚きの声をもらしてしまった。気をつけの姿勢で立っている明日美の股間には陰毛が一本も生えていないのだ。

そこはツルツルで、正面からでも割れ目が丸見えになっている。

「あぁん……恥ずかしい……お兄ちゃん、驚いた？　わたし、生えてないの」

「剃ってるわけじゃなくて……？」

「うん。体質なんだと思うけど、ぜんぜん生えてこなくて……」

内腿を擦り合わせるように、明日美はモジモジしている。

陰毛がないと、とたんに幼さが増し、禁断の思いがよけいに強くなってしまう。見てはいけないものを見ている……そんな思いが、祐介をますます興奮させるのだった。

「うっ……」

下腹部に痛みが走り、祐介は腰を引いた。狭い空間でペニスが勃起し、つっかい棒のようになって折れてしまいそうだ。

祐介は慌てて後ろを向き、事務的な口調で言った。

「じゃあ、さっきのポーズをしてもらえるかな。僕はデッサンの準備をするから。ついでに鉛筆も削っとこうかな」

明日美の死角になったことを確認してから、ズボンの中に手を入れて勃起ペニスの位置を修正した。とりあえず痛みは消えた。

ひとつ深呼吸してから、祐介はスケッチブックを手に持って振り返った。

「おお……」

また奇妙な声が出てしまった。

明日美は身体を仰け反らせて右手を床に着き、左足を上げている。さっきと同じポーズだ。しかも、今度はなにも身につけていないのだ。

「お兄ちゃん、このポーズ、けっこうきつい〜」

明日美が苦しげに言う。

「あっ、ごめん、ごめん。今、デッサンするから、そのままね」

祐介は明日美の周囲をまわりながら、何枚もデッサンをした。でも、視線はどうしても胸と股間にいってしまう。

相手は妻の妹だ。女子中学生だ。そう思って自分を戒めてみても、もう理性などほとんど残っていない。

もっとも、昨夜、千花にパイズリをしてもらった時点で、すでに祐介のモラルはほとんど崩壊してしまっていたのだ。

あのことで、ハードルがぐっと下がってしまっていた。

こうなったら、今のこの状況を楽しまないわけにはいかない。

祐介は明日美の足元に座り込んで、デッサンを始めた。身を乗り出すようにして顔を近づけていく。

まんじゅうをふたつ押しつけたようなやわらかそうな割れ目から、透明な液体が滲み出ている。それは汗ではない。愛液だ。

(明日美ちゃんも、このすごいポーズをしている自分を見られて興奮してるんだ……)

そう思うと、卑猥さはさらに増し、鼻血が出そうになってしまう。

「あぁぁん……、この体勢、きついぃ……」

明日美が悩ましい声で言い、身体をくねらせると、割れ目がヌルリと滑り、その中に溜まっていた愛液が溢れ出て、ポタリと床の上に滴り落ちた。

「うっ……」

あぐらをかいた状態で、さらにペニスが力を漲らせ、狭いズボンの中でまた折れそうになってしまう。

祐介は股間を押さえて、呻き声をもらした。

「はぁぁん……どうしたの？　お兄ちゃん、大丈夫？」

アクロバティックなポーズを取りつづけることに疲れた明日美が床の上に座り込み、心配そうな視線を祐介に向けてくる。

「いや、なんでもないよ。最近、腰痛が……」

ごまかそうとしたが、明日美の視線は祐介の股間に向けられている。

「ひょっとして、お兄ちゃん……勃起してるの？」

「な、なにを言うんだ!?」

明日美のさくらんぼのように可愛らしい唇のあいだから「勃起」という言葉が出たことに驚き、同時に猛烈に興奮してしまう。

「そのズボン、けっこうぴっちりしてるから、痛いんじゃないの？　痛いのを我慢してデッサンしてたら集中できないでしょ？　それなら脱いじゃえば？」

「……脱ぐ？」

「そうよ。お兄ちゃんも裸になるの」

「だ、ダメだよ。そんなの恥ずかしいじゃないか」

祐介は激しくかぶりを振った。妹の目の前に勃起したペニスを晒すわけにはいかない。

「え〜！　ひっど〜い！　わたしは恥ずかしいのを我慢して裸になってるんだよ。それも全部、お兄ちゃんの仕事のためだと思ってのことなんだからね。お兄ちゃんもプロのイラストレーターとしての自覚があるなら、裸になれるはずよ。じゃなきゃ、わたし、もうモデルをするのはやめようかな」

明日美はそう言って不満げにほっぺたをふくらませると、脱ぎ捨てた服に手を伸ばそうとした。

「待って！」

祐介が大きな声を出すと、明日美は手を伸ばしたまま動きを止めた。

白い肌。小ぶりだが形のいい乳房。くびれたウエスト。引き締まったヒップ。意外と肉感的な太股。そしてツルツルの……。

もっと見ていたい。もしも今、デッサンを中断したら、もう二度とこんな状況にはならないだろう。

そう思うと、今のこの状況が惜しくてたまらなくなる。

「どうなの？お兄ちゃんも脱ぐの？」

明日美が訊ねる。

「う〜ん……」

祐介が迷っていると、もう一度、服のほうへ手を伸ばそうとした。

「脱ぐ！」

とっさに祐介はそう言ってしまった。

「脱ぐよ。脱げばいいんだろ。これは仕事のためだ。イラストのためなんだから」

そう自分に言い聞かせるように言い、祐介は服を脱ぎはじめた。

シャツとズボンを脱ぎ、ボクサーパンツ一枚だけという姿になった。

昨夜、千花のパイズリで大量に射精したが、ペニスはまたビンビンになっていた。伸縮性のある生地が、勃起ペニスの形に伸びきっている。

ゴクリ……という音が聞こえた。

それは明日美が唾を飲み込んだ音だった。そんな音がしたことにも気づかない様子で、明日美はじっと祐介の股間を見つめている。

千花は昨夜、勃起した状態のペニスを初めて見たと言っていた。

どちらかと言えば明日美よりも千花のほうがませているようだ。

その千花が初めて見たと言うのだから、明日美もきっと勃起ペニスを見るのは初めてのはずだ。

好奇心に目をキラキラ光らせている。その目は、祐介がボクサーパンツを脱ぐのを催促している。

脱がないわけにはいかない。

ウエスト部分に指を引っかけるようにしてボクサーパンツを脱ぎ下ろすと、勃起した状態のペニスが飛び出した。

「えっ……」

明日美が手で口元を押さえて声をもらした。つぶらな瞳を見開き、放心状態だ。数十秒間、そんな状態がつづき、明日美がようやく我に返ったようにつぶやいた。

「嘘……こんなに大きいなんて……」

自分のスケベ心を見透かされているような居心地の悪さがあった。その状況にいたたまれなくなって祐介は言った。

「違うんだ、これは……」

「うん、わかってる。お兄ちゃんは純粋に女の人の裸を描いてるんだよね？　健康な男の人が女の人の裸を見たら興奮するのは当たり前なんだと思う。見ても興奮しない裸なんて、魅力がないって言ってるようなものだものね」

「そ……そうなんだ。自分が興奮しないで、見る人を興奮させる絵なんて描けないよ」

祐介は明日美に話を合わせた。

もっとも祐介が描いているのはラノベの挿絵で、アダルト系ではなかった。興奮させる必要はない。

だけど、よく考えてみれば、女の子を可愛いと思うのも、その根底には性欲があればこそだ。

目から鱗《うろこ》だった。明日美のおかげで、今まで自分の絵に足りなかったものに、今初めて気づかされたような気がする。

「じゃあ、わたしはお兄ちゃんのオチ×チンが元気になるようなポーズをとらないといけないよね？」

「う……うん、まあそういうことになるかなぁ」

妙な展開になってきたと思ったが、祐介には明日美の言葉を否定することはできなかった。

そして、明日美の次の言葉を待った。

「さっきの体勢、疲れちゃった。ポーズを変えてもいい？　さっきは仰向けだったから、こんな格好はどう？」

明日美は四つん這いになり、そのまま胸を床につけるようにして腰を反らせた。それは猫が伸びをしているようなポーズだ。

「ううっ……」

祐介のペニスがビクンと震えた。それを明日美は見逃さなかった。

「ほら、オチ×チンが反応した。このポーズを気に入ってくれたってことよね？　じゃあ、お兄ちゃん、いっぱいデッサンして」

「あ、ああ……わかった……」

祐介はスケッチブックと鉛筆を持ち、ベストのアングルを探すように、明日美のまわりをぐるっと一周した。

「お兄ちゃん、もっといろんな角度から見て」

「う……うん。見てるよ」

「どう？　このポーズ」

「うん。すごく描くのが難しそうで、それだけにすごくいいポーズだと思うよ」

「これ、エッチだよね？　だってお兄ちゃんのオチ×チン、すごいことになってるもんね」

「う……うん。そうだね。すごくエッチだよ。これこそ芸術だね」

どの角度から見ても卑猥だった。なにしろ可愛らしい女子中学生が全裸でお尻を突き上げているのだから。

特に真後ろから見ると、明日美のきれいなツルマンとイボのひとつもないキュッとすぼまったアナルまで、すべてが丸見えなのだ。

それは無防備すぎて罪悪感が込み上げてくるほどだった。

そして、祐介は明日美の斜め後ろにポジションを決めた。

その位置からだと明日美の横顔と、突き上げられた陰部を同時に視界に収めることができるのだった。

シャカシャカと紙の上に鉛筆の芯を走らせる。

だが、本当はもっと違う自分の身体の一部分をシャカシャカしたかった。

さすがに明日美の前でそんなことをするわけにはいかない。祐介は欲望に耐えながら、鬼気迫る表情でデッサンをつづけた。

「はあぁぁん……同じポーズを取りつづけると、あちこち痛くなるね」

明日美が四つん這いポーズでヒップを突き上げたまま、身体をくねらせる。小ぶりなヒップが左右に振られる。

その動きに合わせて、割れ目がヌルヌルと滑るのがわかる。マン汁の量がすごい。もう朝露のように割れ目の端にある包皮を被ったクリトリスに溜まっていく。

明日美は見られながら興奮しているのだ。今の「はあぁん」という声も、思わずこぼれてしまったあえぎ声だったのを、なんとかごまかそうとして「あちこち痛くなる」と付け足しただけだというのがバレバレだ。

愛液を溢れさせているツルマンと無防備なアナル……しかもそれは可愛い妹の秘められた場所なのだ。

（ううっ……もうダメだ。鼻血が出てしまいそうだよ）

勃起しすぎてペニスが痛くなってきた。もうこれ以上、デッサンはつづけられない。早くひとりになって、この高まったものを放出して勃起状態を解除しなければ、ペニスがこのまま壊死するのではないかと不安になるほどだった。

「明日美ちゃん、もう……もう充分だよ。ありがとう。おかげでデッサンができて助かったよ」

スケッチブックを閉じて祐介が言うと、明日美が不満げな声を出した。

「え～！　ダメだよ～！　せっかくわたしがモデルをやってあげてるんだから、もっといろんな角度で見てよ」

「いや、そう言われても……三百六十度、じっくり見たよ」

「まわりをぐるっとまわっただけでしょ？　下からも見て」

「下から？」

「そうよ。お兄ちゃん、ここに仰向けになって」

明日美は祐介の腕をつかんで引っ張り寄せる。

身体に力が入らない。それはきっと、これから明日美にされることを想像し、期待してのことだろう。

祐介は簡単に仰向けにされてしまった。そして、明日美は祐介の期待を裏切らない。

「ほら、この角度からも見て～」

明日美は祐介の上に覆い被さってきた。

しかも上下が逆になったシックスナインの体勢だ。祐介の顔のすぐ近くに明日美のツルマンがあった。

「えっ……あ……明日美ちゃん、これはさすがにダメじゃないかと……。スケッチブックも持てないし……」

祐介は引きつった笑みを浮かべながら言った。

「スケッチブックなんかいらないよ。もうデッサンなんかしなくても、じっくり見て頭の中に焼きつけとけば大丈夫でしょ？　だって、お兄ちゃんはプロのイラストレーターなんだから」

「う……うん、まあ……」

明日美がしゃべるたびに、割れ目がヌルヌル滑り、愛液がポタリポタリと祐介の顔に滴り落ちた。

「ううっ……」

「どうしたの？　お兄ちゃん、変な声出して……」

「……明日美ちゃんのマン汁が……」

「いやぁん、恥ずかしい……ねえ、拭き取って」

「でも、ティッシュは机の上だから」

「それなら、お口できれいにして」

そう言うと明日美は身体を起こし、祐介の顔の上に陰部を押しつけてきた。期せずして顔面騎乗位の体勢になってしまった。

妹のツルマンがヌルリと唇に押しつけられる。

「ううぐ……ぐぐ……」

いやそうな声を出しながらも、実際は違う。祐介は明日美の愛液をペロペロ舐めながら、その味を堪能してしまうのだった。

もちろんたいして味はしないが、それが可愛い妹の愛液だと思うと、なんとも言えない美味に感じられた。

いつしか祐介はまるでディープキスでもするかのように明日美の陰部を舐めまわし、さらには膣の中に舌をねじ込んだりしていた。

「あぁぁん……お兄ちゃん……そ……それ、気持ちいい……」

兄の顔に座ったまま、明日美がヒクヒクと腰を震わせる。

その動かし方に、ある意思を感じた。どうやら明日美は、もっと気持ちいい場所を舐めてもらいたがっているようだ。

中学生でもちゃんと感じる場所を知っているのだろう。まさか男性経験はないと思うが、オナニーの経験はあるはずだ。

昨日、千花にパイズリしてもらうことになったきっかけも、子供部屋から聞こえてくる明日美の切なげな声だった。

あれはオナニーをしている声だった。きっと、その一番感じる場所を、自分で弄《いじ》っていたのだろう。

そこを今、祐介に舐めてほしいとおねだりしているのだ。もちろん祐介は意地悪をするつもりはなかった。

少し身体の位置を調整し、舌先で包皮をこじ開けるようにして、肉の尖りをチロチロとくすぐるように舐めてやった。

「はっひぃぃ……」

可愛らしい声をあげて、明日美はお尻を浮かせた。そしてヒクヒクと腰をひくつかせている。

距離ができたことによって、明日美の陰部をじっくり観察することができた。

さっきまではまんじゅうをふたつ押しつけたようにぴたりと閉じていたが、今はその部分はすでにパックリ開き、奥の充血した粘膜まで丸見えだ。

そして、今舐めてやったクリトリスは、もう包皮を押しのけて顔を出し、破裂しそうなほどパンパンにふくらんでいる。

さらにはそのクリトリス越しに、明日美の火照った顔まで丸見えなのだ。祐介の頭に少しだけ残っていた理性も、完全に消し飛んでしまった。

「どうした？　そこが気持ちいいんだろ？　もっと舐めてあげるよ。感じてるオマ×コの様子を目に焼きつけて、デッサン力の足しにしたいんだ」

そんなデッサン力を役立てる仕事があるとは思えなかったが、つい適当なことを口走ってしまう。

「そ……そうなんだぁ。じゃあ、わたしはモデルだから、ちゃんと協力しないといけないよね？」

本当に納得したのか、ただ単にもっと舐めてほしいだけなのか、明日美はそう言うと、またお尻を下げてきた。

だが、今度はおっかなびっくりだ。それだけ、さっきのクリ舐めの快感が強烈だったのだろう。

祐介は舌を長く伸ばし、それをチロチロと動かしてやった。

「ああぁん……お兄ちゃん……そのベロの動き……いやらしすぎるぅ……はああん……」

明日美はそんなことを言いながらも、股のあいだをのぞき込んで、祐介の舌にクリトリスをしっかりと押しつけてくる。

ヌルン！

「はっあぁぁん……お……お兄ちゃん……気持ちいい……」

明日美はしゃがみ込んだ体勢を取ろうとするが、気持ちよすぎて足腰に力が入らないらしい。

首を起こすようにしてこちらから近づけてヌルンとクリトリスを舐めてやると、またさっきと同じように祐介の顔の上に座り込んでしまった。

「はあああぁぁん……」

今度は心の準備ができていた祐介は、しっかりとクリトリスを受け止めてやった。

明日美がまた逃げないように、両腕で太股を抱え込むようにして、乳呑み児《ちのご》がオッパイを吸うときのようにクリトリスを吸い、舌先で転がすように舐めまわす。

「あっ、ダメ、ダメ、ダメ～。あああん……」

明日美は身悶えし、そのまま前に倒れ込んだ。

その顔の位置には祐介のペニスがある。そしてそれは、はち切れそうなほど力を漲らせてピクピク震えているのだ。

「あああ～ん、お兄ちゃんのオチ×チン、すっごくエッチだわ。はあぁ……わたしも舐めてあげるぅ……」

そう言うと明日美は、ビンビンに勃起して下腹に倒れ込んでいるペニスの裏筋をペロペロ舐めはじめた。

「ふぐうっ……ううう……んんん……」

クリトリスを口に含んだまま、祐介は苦しげな声をもらしてしまう。

どうやら明日美はフェラチオをしたことがないようだ。口に咥えるということを思いつかないらしく、子猫がミルクを飲むときのように、ただペロペロとペニスの裏筋からカリクビにかけてを舐めまわしつづける。

その舐め方が新鮮で、ムズムズするような快感が祐介を襲う。

「ああぁっ……明日美ちゃん、そ……そこ、気持ちいいよ……」

「そうなの? じゃあ、もっと舐めてあげる」

明日美は少しでも祐介を気持ちよくしてあげようと、カリクビのあたりを舐めまわしつづけた。

「あぁん、お兄ちゃん……なんだか……あそこの奥のほうがムズムズしてきちゃった」

明日美が苦しげに言った。

でも、その言葉を聞くまでもなく祐介はわかっていた。というのも、目の前でピンク色のきれいな膣口がヒクヒクとうごめいていたからだ。

そして、明日美がなにを望んでいるのかもわかる。でも……。

「ううっ……」

祐介が黙っていると、ペニスに受ける快感がより強烈になった。明日美が今度は亀頭の鈴口を舌先でほじくるように舐めはじめたのだ。

そして、切羽詰まったような声で言う。

「ねえ、お兄ちゃん、いいでしょ。わたしの処女を奪って!」

ついに明日美は自分の気持ちを正直に告白した。

「そんなこと、できるわけがないよ。僕たちは兄妹なんだぞ。最後の一線だけは超えられないよ」

「いいじゃない。お兄ちゃんのことが好きなの。初めての相手はお兄ちゃんって決めてるの」

最初からそのつもりだったのだろう。いきなり全裸でデッサンのモデルをやってもいいと言い出した時点で、こういう展開を望んでいたのだ。

セックスに興味のある年頃なのだろう。その気持ちは痛いほどわかる。でも……。

クリトリスを舐めてやるまではいい。そこまでなら、まだ大丈夫だ。でも、その肉壺の奥をどうこうしようとなると話が違う。

自分は明日美の姉の夫……つまり義理の兄なのだ。そのラインだけは超えるわけにはいかない。

祐介は自分なりに、そこにラインを引いていた。

「ダメだ。それだけはダメだ」

全裸でシックスナインの体勢という状況であったが、祐介が毅然とした態度ではっきりと拒否すると、一瞬、明日美の舌愛撫が止まった。

上に乗られているからというわけでもなく、沈黙が重く祐介にのしかかる。相手は可愛い妹だ。明日美を悲しませたくはなかった。

「……わかったよ」

明日美がもらした驚きの声に、一瞬うれしそうな気配をまとっていることに気づいて、祐介は慌てて弁解した。

「違う違う。そうじゃなくて。舐めてイカせてあげるよ。それで我慢してくれ」

そう言うと、祐介は明日美の返事を待たずに、腕を腰にまわして陰部を自分のほうに引き寄せた。

そして、とろけきった妹の恥ずかしい場所にキスをした。しかも、いきなりのディープキスだ。

割れ目の奥を舐めまわし、クリトリスを吸い、舌を高速で動かしてくすぐるように舐めまわし、ときどき前歯で軽く噛んでやると、明日美は狂ったようにあえぎ声をあげた。

「ああっ……お兄ちゃん……んんん……気持ちいい〜。あああああん！　はああっああああん！」

そして、その快感のやり場に困ったように、明日美もペニスに食らいついてきた。

今度はただ舐めるだけではなく、亀頭を口に含んで、祐介がクリトリスにしてやっているのと同じように、舌をネロネロと動かして舐めまわす。

ただ、顔が小さいためか、本当に先っぽだけしか口に含めない。それでも、可愛い妹の口腔奉仕、しかも、目の前でアナルがヒクヒクうごめく様子を見ながらの快感は強烈なものだった。

すぐに祐介の身体の中に射精の予感が込み上げてきた。

「ああっ……明日美ちゃん……んんん……もう……もう限界だ……ううう……」

「はぐっううう……」

明日美がなにか言っているようだが、口の中に亀頭を含んだ状態のために聞き取れない。おそらく、このまましゃぶってていいのか訊ねているのだろう。

祐介はどう答えていいか迷った。このままだと、明日美の口の中に射精してしまうことになる。

相手は女子中学生で、まだ処女だ。いきなりそんなことになったら、ショックを受けるかもしれない。

でも、可愛い笑顔が目の前にちらつく。その口の中に射精してみたい。ピクンピクンとペニスが小刻みに震える。

「明日美ちゃん……つづけてくれ。僕も明日美ちゃんを気持ちよくしてあげるから」

祐介は明日美の尻を抱え込むようにして陰部に顔を埋め、さらに激しく舐めまわしはじめた。

「はああぐぐ……うっぐぐぐ……」

明日美も決意を込めたように、また亀頭を舐めしゃぶりはじめた。身体の奥にズンズンと熱い衝動が込み上げてくる。

(もう……出そうだよ、明日美ちゃん……もっと……もっと激しくしゃぶってくれ)

その内心のつぶやきを伝えようと、祐介はクリトリスをしゃぶりつづける。明日美の尻がヒクヒクとうごめく。

明日美の絶頂の瞬間も近いのだ。

祐介は射精を必死に堪えながら、クリトリスを責めつづけた。

明日美が低くうめく。

「はっうぐぐ！」

その瞬間、明日美の身体が強張《こわば》り、アナルがきゅーっと収縮した。明日美が絶頂にのぼりつめたのだとわかった。

口腔粘膜がきつくペニスを締めつける。

(あっ、ダメだ。もう……もう出る！)

「ううっ！」

ビクン！　とペニスが脈動した。次の瞬間、尿道を熱い衝撃が駆け抜けていき、明日美がまた低くうめいた。

「うっぐ！」

その声を聞きながら、祐介はドピュンドピュンと精を放ちつづけた。

3

東京で暮らしている友だちと一日遊んでいた千花が夜になって帰ってくると、明日美はその手をつかんで自分たちの部屋へと引っ張り込んだ。

「やっちゃった」

明日美の言葉を聞いた千花が目を大きく見開いた。

「すごいじゃないの！　おめでとう！」

明日美をきつく抱きしめる。

「ありがとう！」

明日美も千花をきつく抱きしめて、ふたりでぴょんぴょんと飛び跳ねた。

今日、祐介の絵のモデルになってあげると言いにいったのは、実は千花にアドバイスされたからだ。

そのときにヌードになるように仕向けて、祐介を誘惑したら、たぶん落とすことができるだろうというものだった。

東京に住んでいる友だちと一日過ごすというのも、明日美と祐介がふたりっきりになれるようという心遣いからだったのだ。

でも、まさか、あんなにうまい具合に、祐介のほうから「デッサンをやりたい」と言ってくるとは思わなかった

本当のことを言うとヌードになる自信などなかったが、まるで運命のように感じて、勇気を出すことができた。

だけど、恥ずかしかった……男の人の前で裸になるのは初めてだったし、しかも、大きな窓から昼間の陽射しが差し込んでくる明るい部屋でなんて……。

「そうかあ、明日美ちゃんも処女を卒業しちゃったのね」

しみじみと言う千花に、明日美は眉を八の字にして応えた。

「ううん。実は、まだ処女のままなんだけどね」

「どういうこと？」

「シックスナインでふたりとも同時にイッちゃったの」

「シックスナインって、じゃあ……」

「そうなの。お兄ちゃんにあそこを舐められてわたしはイッちゃって、ほぼ同じタイミングでお兄ちゃんもわたしの口の中に射精したの」

その様子を想像したのだろう、千花は頰を赤らめて、ため息をついた。

「それでも充分すごいわ」

「うん。そうなんだけど……わたしはいちおう、お兄ちゃんに『処女を奪って』って言ったんだけど、お兄ちゃんは『僕たちは兄妹なんだぞ。最後の一線だけは超えられないよ』って言って……」

「案外、頭が硬いのね」

それでもやっぱり罪の意識を感じるのか、祐介はずっと部屋に閉じこもっていて、夕飯も明日美がひとりで食べなければいけなかった。

かえって距離ができてしまったように思えて、そのことが寂しかった。

「どうしたらいいかな?」

明日美がすがるような目で見つめながら訊ねると、千花は豊満な乳房の下で腕を組み、首を傾《かし》げて考え込んだ。

そして、勢いよく顔を上げると、決意を込めた声で言った。

「わかったわ。明日、あたしがもう一肌脱いであげるわ」

「ほんと？」

「うん。明日美ちゃんの思いを果たさせるためだもの」

そう言うと、その作戦について小声で話しはじめた。

第四章　四日目——ロストバージン

1

　祐介はなみなみと張られたお湯に身体を沈めた。身体の体積分のお湯が、ザバ～ッと勢いよく溢れ出る。

　もったいないと思いながらも、この贅沢な瞬間がたまらないのだ。

　朝方までかかってイラストを仕上げて編集者にメールで送った。

　明日美にモデルになってもらったおかげで、今度はデッサンに狂いはなかったはずだし、今までに描いたイラストの中でも珠玉の出来だった。

　案の定、さっき目を覚ましてパソコンを立ち上げると、編集者からの絶賛のメールが届いていた。

「この調子で次の作品もがんばってくださいね」

そんな言葉をかけられたことは今まで一度もなかった。明日美さまさまだ。

だが、デッサンモデルになってもらっただけならよかったが、そのあとに妙なことになってしまった。

妹と全裸でシックスナインの体勢になり、お互いの性器を舐め合い、ほぼ同時に果ててしまったのだ。

しかもそのとき、明日美の口の中に大量に射精してしまった。

勃起したペニスを見るのも初めての様子だったので、明日美はおそらく口の中に射精されたのは初めてのはずだ。

びっくりして白濁液を口から涎《よだれ》のように垂らしているのを見て、祐介がティッシュに吐き出させてやった。

さすがに飲み込むのはハードルが高すぎると思ったのだ。

明日美はかなりショックを受けている様子だった。

射精して冷静になると、とんでもないことをしてしまったと後悔した。相手は妻の妹。しかもまだ中学生なのだ。

もしも、こんなことが麻由子にバレたら……。

そう思うと、申し訳ない思いもあって、夕飯も明日美の分の用意だけしておいて、祐介は自分の仕事場で食べた。

そのあともずっと仕事場にこもってイラストを仕上げていたために、あれから明日美とはまだ顔を合わせていない。

もしも顔を合わせたら、そのときの第一声はなんて言うのが正解なんだろう？

そんなことを考えながら湯船に浸かっていると、脱衣所のほうで音がした。祐介は何気なくそちらを見た。

磨りガラス越しに、誰かが入ってきたのが見える。

明日美だろうか？　千花だろうか？　そのシルエットは無造作にTシャツを脱ぎ捨て、さらにはショートパンツを下ろす。

（えっ？　今から風呂に入るつもりなのか？）

どうやら祐介が風呂に入っていることに気づかずに、シャワーでも浴びるつもりらしい。

声をかけなければと思いながらも、祐介はただ食い入るようにシルエットを見つめていた。その裸を磨りガラスなしで見たいという性欲が、祐介の理性を抑えつけていたのだ。

シルエットはブラジャーを外し、パンティまで脱いでしまった。そして浴室への扉に手を伸ばす。

「あっ、ダメだよ。僕が入ってるから！」

なんとか理性が勝った。祐介はほっと胸を撫で下ろした。だが、シルエットはガラス扉を躊躇することなく開けた。

「千花ぽよちゃん……」

そこには一糸まとわぬ姿の千花が立っていた。

「あら、お兄さん、お風呂に入ってたんですか」

そう言うものの、千花は特に身体を隠そうともしない。

祐介は鼻の下までお湯に浸かりながらも、目の前にある若い女体から目を逸らすことはできなかった。

千花の乳房はすでにパイズリのときにじっくり見ていたが、あのときはショートパンツを穿いたままだったので、こうやって全裸を見るのは初めてだ。

色白の肌は陶器のようになめらかで、全体的に脂肪の少ない子供の体つきながらも、乳房だけはすでに成熟してたわわに実っている。

そして、明日美と同じように腰の位置が高く、脚が長い。それは最近の若い子の特徴なのだろう。

そして、その二本の脚の付け根にうっすらと陰毛が生えている点が、明日美のツルマンとは違っていた。

「いやだ、お兄さん、そんなに見ないでくださいよ。恥ずかしいわ」

内腿を閉じて身体をくねらせる。

「ご、ごめん！」

祐介はお湯に浸かったまま背中を向けた。そのあいだに千花が浴室から出ていけばいいと思ったのだ。

だが、次の瞬間、チャポン、チャポンと音が聞こえ、お湯が波打った。と思うと、背中にやわらかいものが押しつけられた。

「え……？」

「ふたりで入るにはちょっと狭いですね。でも、こういうのも楽しくていいかも」

千花の声が耳元で囁かれる。

実家のお風呂で父親といっしょに入っているようなつもりなのかもしれない。千花はまだ中学生なのだ。少し遅いとは思うが、中学生が父親といっしょにお風呂に入っても、それほどおかしくはない。

だが、祐介は父親ではない。必然的にペニスが痛いほどに勃起してくる。これを見られたらまずいかもしれない。

「そ……そうだね。楽しいけど、ちょっと狭いね。じゃあ、僕はもう出ようかな？」

祐介は立ち上がり、千花に背中を向けたまま湯船の中を移動して洗い場に出た。

「もう身体を洗ったんですか？」

「そ……それはまだなんだけどね」

つい正直に答えてしまった。

「じゃあ、あたしが入ってきて邪魔しちゃったのかな。ごめんなさいね、お兄さん。それならあたしが洗ってあげますよ」

祐介は背中を向けたまま、その言葉を聞いた。ペニスはさらに力を漲らせていく。

一昨日にパイズリをしてもらったが、あれは女子中学生でも男を気持ちよくしてあげられるということを証明したいという意地のようなものからなのだ。

今はただ風呂に入っているだけなのに、ペニスがまたこんなになっていることに気づかれたら、どう思われるか……。

四六時中エロいことばかり考えているのかと、あきれられてしまうに違いない。

「い……いや、いいよ。千花ぽよちゃんはゆっくり温まればいいよ」

「ちょっと待って！」

祐介が脱衣所への扉に手を伸ばそうとしたとき、勢いよく湯船の中から飛び出して、千花が祐介の腕をつかんだ。

「な……なに？」

「実はあたし、ひとりでお風呂に入るの怖いんです」

そんなの嘘だ。うちに泊まるようになってからも、ずっとひとりで入っていたではないか。そう思ったが、指摘することはできなかった。

「そ……そうか……まあ、他人の家のお風呂は怖いかもね」

祐介は、つい話を合わせてしまう。それはきっと卑猥な下心からだ。

いちおう、すばやくタオルを手にとって、それで股間を隠した。

といっても、いっこうに勃起が収まらないので、タオルは大きく盛り上がっていて、ペニスがどういう状態になっているのかはバレバレだ。

千花はそんなことには気づかない様子で言った。

「じゃあ、お兄さん、背中を流してあげますから、そこに座ってください」

「あ、うん……」

横目で見ると、お湯で濡れた丸い乳房が揺れている。

一昨日、その乳房でパイズリしてもらって射精したばかりなので、ペニスにそのやわらかな感触が蘇ってきて、ビクンビクンとタオルの下で暴れはじめてしまう。

（鎮《しず》まれ……鎮まれ……）

祐介は洗い場の椅子に腰掛けて、そう頭の中で念を送りつづけた。だが、そんなものはまったく無駄な抵抗だった。

次の瞬間、祐介は背中をヌルンと撫でられた。なめらかな感触。それはタオルやスポンジではない。

「えっ？」

思わず振り返ると、張りのある大きな乳房が揺れていて、慌てて前を向いた。

「あたし、身体を洗うときにスポンジとか使わないんです。そのほうが肌に優しいってネットで見て……どうですか？　お兄さん、気持ちいいでしょ？」

そう問いかけながら、千花はボディソープをつけた両手で祐介の背中を撫でまわしつづける。

「う……うん……そうだね。確かにこっちのほうが肌に優しそうだし、気持ちいいよ」

「うふっ……じゃあ、もっと洗ってあげますね」

大きく円を描くように背中を撫でまわすと、千花はその手を今度は腋の下から祐介の身体の前のほうへと移動させてきた。

「あっううう……」

思わず変な声が出てしまい、祐介は慌てて口を閉じた。

その声が聞こえたはずなのに、千花は特に気にした様子もなく、背後からまわした手で、祐介の胸のあたりを円を描くようにして撫でまわしつづける。

手の感触も気持ちいいが、ときどき背中にやわらかいものが押しつけられるのがたまらない。

それは千花の乳房だ。そして、そのやわらかな感触の中に、小さな硬い点があるのを感じた。乳首が硬くなっているらしい。

千花もこうやって祐介の身体を洗いながら興奮しているのだ。父親といっしょに入浴して背中を流してあげているというのとは明らかに違う。

徐々に背中に乳房が押しつけられる頻度が高くなり、やがて完全に押しつけた状態で、ヌルリヌルリと上下左右に動きはじめた。

まるで乳房で背中を洗ってもらっているかのようだ。

その気持ちよさに祐介はうっとりと目を閉じて、この時間が永遠につづけばいいのに……と思ってしまう。

だが、次の瞬間、そんな思いをあっさり撤回した。次にもっと気持ちいいことが襲いかかってきたのだ。

胸を撫でまわしていた千花の手が、すっと下のほうへ移動し、股間にかけてあったタオルを取ってしまった。

「えっ？」

戸惑いの声が、すぐに苦しげな呻き声に変わった。

「はうっううう……」

泡まみれの千花の手が、祐介の勃起したペニスをつかんだのだ。ヌルリとした感触がペニスをきつく締めつける。

「はあぁぁん……お兄さん、ここもちゃんと洗っておいたほうがいいですよね？」

耳元でそう囁くと、千花はペニスをつかんだ手を上下に動かしはじめた。

「あっ……千花ぽよちゃん、やめてくれ。ううう……そ……そこはダメだよ……ううっ……」

言葉では拒否しながらも、祐介は千花の背中を向けたまま、おとなしくバスチェアに座りつづけていた。

それはもちろん、もっとしてもらいたいからだ。

「ねえ、お兄さん。ここに汚れが溜まりやすいんでしょ?」

いったいどこから仕入れた情報なのか、千花は皮を剥き、入念にカリクビのあたりを洗いはじめた。

指をわっか状にして、ヌルリヌルリとその場所を上下にしごかれると、ペニスはすぐに破裂寸前まで力を漲らせていく。

(あっ……ダメだ……このままだと、もう……もう出ちゃいそうだ……)

そう心の中でつぶやいた瞬間、千花の手が股間から離れた。

「ねえ、お兄さん、今度はあたしの身体を洗ってもらえませんか?」

「い……いいとも。洗ってもらったら、ちゃんとお返ししないといけないよね。それが大人のマナーだからさ」

声が震えてしまう。

祐介は猛《たけ》り立つ股間を隠すように背中を向けたまま、バスチェアから立ち上がった。

そこに入れ代わりで、千花が後ろ向きに座る。

振り返ると、千花のくびれた腰から丸いヒップは芸術品のように美しい。そして、お尻の割れ目が無防備に晒されている点が、祐介をさらに興奮させた。

相手は妹の友だち……しかも、大人っぽいとはいっても中学生だ。こんなふうにふたりでお風呂で洗いっこなど、世間的に見たら許されることではない。

そのことはわかっていたが、どうしようもない。

この身体に触ってもいいと言われているのだ。そんな誘いを拒否できるほど、祐介は人間ができてはいなかった。

「じゃあ、僕も手のひらで洗ってあげるね。そっちのほうが肌に優しいんだもんね」

言い訳するように言ってから、祐介は膝立ちになり、ボディソープを手のひらに出した。

それを両手で少し泡立てるようにしてから、千花の背中をそっと撫でた。

「はあぁ……」

千花の口から、切なげな声が一瞬だけこぼれた。千花の身体も敏感になっているのだ。それを必死に隠そうとしている。

祐介も自分の心の中で騒ぐ卑猥な下心を押し隠しながら、千花の小さな背中を撫でまわした。

手のひらに感じる肌のなめらかなこと……それは十代半ばの少女だけが持つ宝物の

ようだ。

祐介はその肌を慈《いつく》しむように撫でまわしつづけた。だが、それだけでいつまでも満足できるものではない。

「背中ばっかりじゃダメだよね？　もっといろんな場所を洗ってあげなきゃ」

そんなことを言いながら、さっき千花がしたのと同じように、祐介は腋の下から身体の前面へと手を滑らせた。

「はあっ……」

手のひらがやわらかなふくらみをヌルンと撫でた瞬間、千花の口から切なげな声がこぼれ出た。

だが、それだけだ。千花が必死に声を我慢しているのがわかる。その気配を感じながら、祐介は丸い乳房をヌルンヌルンと撫でまわしつづけた。

（あぁ……このオッパイ……たまらないなあ。大きさといい、形といい、最高だ。それにこの弾力……）

祐介は撫でまわすような動きだけではなく、乳房をわしづかみにするようにして揉みはじめた。

「はあぁ……ふぅうん……あっはぁぁぁん……」

必死に我慢しているようだが、千花の吐息が徐々にだがはっきりと官能の色を帯びてくる。

その変化と連動するように、手のひらに感じる突起物がますます硬くなってきた。千花の乳首が勃起しているのだ。

イタズラ心が祐介の中に湧き上がる。その欲求を抑え込むことはできない。

背後からまわした両手で、祐介は乳首をつまんでみた。ボディソープのせいで、千花の乳首は祐介の指のあいだをヌルンと滑り抜ける。

「あっはあぁん!」

千花の口からはっきりとしたあえぎ声がこぼれ出た。

非難されるだろうかと思ったが、千花はなにも言わない。ということは、もっとしてほしいということだ。

そう解釈して、祐介は何度も千花の乳首をつまんだ。

そのたびに、ヌルン、ヌルンと滑り抜けて、乳首はますます硬く大きくなってくる。

「はあぁ……お兄さん……もっといろんなところを洗ってぇ」

千花が切なげな声で言った。そう言われて思い浮かぶ場所はひとつしかなかった。

「……いろんなところ?　いいよ。いっぱい洗ってあげるよ」

祐介は背後から抱きしめるような体勢のまま、手を下のほうへと滑らせた。

さっき千花にペニスを洗ってもらったときと同じように、今度は祐介が千花の股間へと手を滑り込ませた。

ヌルンと割れ目のあいだを指が滑り抜けた。

「あっはあああん……」

千花がピクンと身体を震わせて、太股を閉じた。

だが、すでに祐介の手は千花の股間にたどり着いたあとだ。

しかも、ボディソープの泡にまみれているので、いくらきつく内腿で締めつけられても、ヌルリヌルリと簡単に滑り抜けてしまう。

「女の子のここは、特に清潔にしておかないとね」

そんな言葉を囁《ささや》きながら、割れ目に沿って指を動かした。

ヌルリヌルリと滑り抜ける。その滑りのよさはボディソープのせいだけではない。

千花の陰部から溢れ出た天然ローションのおかげでもある。

「どう？　きれいになるのは気持ちいいでしょ？」

「う……うん。そうですね。それに、お兄さんに洗ってもらえてうれしいです」

そんな殊勝なことを言ってくれる。その言葉がうれしくて、祐介は入念に割れ目のあいだを洗いつづけた。

トロトロにとろけた柔肉の中に、硬い尖りが感じられた。コリコリとした尖りだ。

そこを指先でこねまわすようにしてやったら、千花の切なげな声がさらに大きくなった。

「ああっ……だ、ダメです、お兄さん……んん……そこは、あんまり弄《いじ》ったら……はあああっ……」

もちろん祐介はやめない。いちおう大人の男である祐介は、女性が言う「ダメ」は「イイ！」という意味だということを知っていたのだ。

割れ目をヌルヌルと撫で、クリトリスをこねまわす。千花はバスチェアの上で身体をくねらせつづけた。

背後にいるためによく見えないが、豊満な乳房がゆさりゆさりと揺れている気配がする。

もう身体を洗っているという大義名分はまったく関係ない触り方になっていたが、千花も文句は言わない。

女子中学生の身体を洗いながら、祐介の興奮もマックスに達していた。

さっき千花に洗ってもらったペニスが痛いほどに勃起し、バナナのように反り返っている。あとほんの少しの刺激で爆発してしまいそうな状況だ。

だが、この状況で自分でしごくわけにはいかない。とりあえず今は、千花を快感の極みまで導いてあげるしかない。

祐介は背後から左手で抱えるようにして乳房を揉みしだきながら、右手で陰部を刺激しつづけた。

割れ目とクリトリスを撫でまわす。だが、膣に指を入れることはためらった。相手はまだ処女なのだ。そう思うと、その純潔の場所を無闇に荒らしてはいけないように思えたのだ。

それでも乳房と割れ目だけでも、祐介には充分魅力的だった。夢中になって愛撫をしていると、千花の呼吸が徐々に荒くなってきた。

「あっ、ダメ……お兄さん……そ……そんなにされたら、あたし……はああっ……変な気分です。ああぁっ……もう……もうダメ～！」

千花はいきなり股を閉じ、腕を締め、身体を丸めた。ぎゅーっと力が込められ、すぐにぐったりと弛緩した。

「千花ぽよちゃん……大丈夫か？」

ピクンピクンと身体を震わせている千花の背後から声をかけた。それでも千花は返事をすることができない。

そして、数十秒経ってから、ようやく千花がこちらを振り返った。頰がピンク色に火照り、瞳が潤んでいる。

幼さと官能的な気配が混じり合った、最高に卑猥な顔だ。

祐介はもうそそり立つペニスを隠さなかった。それどころか見せつけるようにして、ピクンピクンと動かしてしまう。

それは千花を挑発し、このあとの展開を催促しようという思いからだ。

千花はチラッと股間に視線を向けて、ハッと息を飲んだ。

だが、股間から視線を引きはがすようにして祐介の顔を見つめ、吐息のような声で言った。

「お兄さん、洗ってくれてありがとう。すごく気持ちよかったです」

「う……うん。そうか、それはよかったよ」

さあ、今度は僕のを洗ってくれよ。そう心の中でつぶやいた。そのとき、鼻の下になにか温かなものが流れ落ちていく感触があった。

鼻水かと思って慌てて手の甲で拭《ぬぐ》うと、それは血だった。

「お兄さん、鼻血だわ！　上を向いて」

鼻血なんか大丈夫だ。これはただ興奮しすぎてるからで、下腹部に高まっている思いを放出すればすぐに収まるよ。そう思っても、さすがにそんなガツガツした態度はとれない。

祐介は言われるまま上を向いて、鼻血が止まるのを待った。

そんな祐介を気遣いながら、千花は濡らしたタオルで顔を拭いてくれた。

「お兄さん、お風呂場ってけっこうムシムシしてるから、のぼせちゃったのね。あたしといっしょにもう出ましょうよ」

「えっ……いや、もう大丈夫だよ。ほら、もう鼻血は止まったよ」

祐介は千花のほうに顔を向けながら言った。実際、すでに鼻血は止まっていた。だが、千花の態度は変わらなかった。

「ダメですよ。わがまま言わないでください。身体は大事ですからね」

そう言う千花はチラチラと祐介の股間に視線を向けている。勃起したペニスが気になって仕方がないといった様子だ。

それなら最後まで……と喉まで出かかったが、これ以上しつこくして嫌われたら目も当てられない。

「わかったよ。心配してくれてありがとう。もう出ようかな」

「……うん。そうですね」

千花はまだ名残惜《なごり》しそうにチラチラとペニスに視線を向けながら、シャワーホースに手を伸ばした。

2

風呂から出た祐介は、まだ濡れたままの髪をタオルで拭きながら自分の部屋へと向かった。

千花の身体の感触が背中や手のひらや指先に残っているうちに、自家発電でスッキリしたかった。

いっそのこと風呂場で……と思ったのだが、千花が全身の泡をシャワーで流してくれて、さらにはバスタオルで身体を拭くのまで手伝ってくれた。

それはまるで、祐介がオナニーをする隙を与えまいとしているかのようだった。

ひょっとしたらそのつづきがあるのかもしれないと期待したが、脱衣所からいっしょに出ると、千花はさっさと自分にあてがわれた部屋へ向かってしまった。

「やっぱり中学生はなにを考えてるのかわからないな」

祐介はひとりごとをつぶやいて頭を振った。

それでも下腹部はまだ力を漲らせたままだ。早くひとりになって、この高まりを放出したい。

ドアを開けて部屋の中に飛び込み、さあ、パンツを下ろそうと思ったとき、壁際に誰かが立っているのに気づき、祐介は飛び上がらんばかりに驚いた。

「うわっ、な、なんだ？」

「お兄ちゃん、驚かしてごめんなさい」

そうあやまったのは明日美だった。明日美は制服姿で壁際に立ち尽くしていた。

「ど……どうしたんだ、そんな格好をして？」

ズボンの下で存在を誇示する勃起ペニスをバスタオルで隠しながら、祐介はなるべく平静を装ってそう訊ねた。

「わたし、制服姿が一番可愛いって言われるの」

夏用の白い半袖ブラウスに、胸元にはブルーのリボン。チェック柄のスカートは今どきの中学生らしく、かなりのミニ丈だ。

そのスカートの下から伸びた太股がまぶしく、祐介の股間がズキンとうずいた。

すでに千花との入浴で爆発寸前まで力を漲らせていたペニスに、明日美の制服姿は刺激が強すぎる。

「そ……そうか。うん、まあ、確かに可愛いな」

「ほんと？　うれしい！」

緊張した明日美の顔に、パッと笑みが浮かんだ。ズキンとまた股間がうずいた。可愛い……可愛すぎる……。

つい顔がにやけそうになるのを、祐介は必死に堪《こら》えた。

と思うと、明日美の顔から笑みがすーっと消えた。また緊張に強張った顔になり、明日美はひとつ小さく深呼吸した。

そして、決意を込めた声で言う。

「お兄ちゃんにお願いがあるの」

「……なんだ？」

ゴクンと喉が鳴ってしまう。

明日美の全身から、濃厚な色気が漂い出て部屋の中に充満していく。息が苦しくなるぐらいだ。

「お兄ちゃんに、わたしの処女を奪ってほしいの」

頬を赤らめ、明日美は上目遣いに祐介を見つめる。

「だ……だからそれは……ダメだって言ったじゃないか」

昨日、デッサンのモデルになってもらったとき、全裸でアクロバティックなポーズを取る明日美に欲情してしまった。

そのときに明日美から「処女を奪って」と懇願された。

結局、シックスナインで同時に果ててしまったが、本当なら目の前で収縮を繰り返すピンク色の肉洞に、猛り立ったペニスを挿入したかった。

でも、相手は妻の妹だからと思い、必死に我慢したのだ。その判断は正しかったと今でも確信している。

もうあきらめてくれたと思っていた。それなのに……。

だが、さっき風呂場で射精寸前まで高まったまま放置されているペニスは、ピクンピクンと痙攣を繰り返している。

もう理性が崩壊してしまいそうだ。

「うん。お兄ちゃんの言うこともわかるよ。でもね、わたし、やっぱりお兄ちゃんのことが好きなの。お兄ちゃんがよろこぶことなら、どんなことでもしてあげるわ」

そう言うと、明日美はスカートをめくり上げた。

その下から現れたのは、陰毛が一本も生えていないツルツルの陰部だった。

「あ……明日美ちゃん……パンティを穿いてないのか……」

祐介の口から呆けたような声がこぼれてしまう。

制服姿で陰部が丸見え……。それは全裸を見るよりも興奮してしまう。頭の中にスチームが充満し、祐介はなにも考えられなくなっていく。

「お兄ちゃん！　好き！」

明日美はいきなり祐介に駆け寄り、首の後ろに腕をまわすようにして抱きついてきた。

「ううっ……」

背伸びをして唇を押しつける。やわらかな感触が唇に感じられ、少し遅れて祐介の身体は一気に熱くなった。

ここ数日、千花ともギリギリの行為をしたし、明日美ともあやういことをしていたが、キスをしたのは初めてだ。それは決定的な一線を越えてしまったような気がした。

明日美のキスはただ唇を押し当てているだけのおとなしいものだ。

まだ処女である明日美は、舌を絡めようなんてことは思いつかないに違いない。だが、そのことがよけいに、明日美の情熱を感じさせた。

同時に、少女特有の甘酸っぱい体臭が祐介の鼻孔をくすぐった。香水など使ってない、生身の匂いだ。

祐介はただ呆然と立ち尽くしながら、明日美のキスを受け入れてしまっていた。

（こんなことをしてはいけない。相手は義理の妹なんだから……）

そう自分を戒めながらも、風呂場ですでにマックスまで興奮してしまっていた祐介は、簡単に本能に負けてしまう。

（うう……明日美ちゃん……なんて可愛いんだろう……）

祐介は明日美の細い腰に腕をまわして、強く抱きしめてしまった。

明日美のやわらかな乳房の弾力が胸に感じられた。どうやらブラジャーもしてないらしい。

祐介は少し身体を離して、白いブラウスの上から乳房をそっと揉んだ。

「あん……」

明日美が恥ずかしそうに顔を背けた。自分から積極的に迫っておいて、まだ少し怖いらしい。

でも、今度はもう祐介の心に火がついてしまっていた。

「いいんだよね？　明日美ちゃんの処女を僕にくれるんだよね？」

やっぱりいや、と言われても、今さらもう自分を止めることはできそうもない。

「……うん。あげる。だけど、優しくしてね」

すぐ近くから上目遣いに見つめながら明日美が言う。

「よし、じゃあ……」

祐介は軽く唇を重ねながら、明日美の身体を撫でまわした。

ブラウスの背中が少し汗ばんでいる。

「暑いのか？」

「大丈夫。平気よ」

制服を着たままでいいということだ。まだ中学生だというのに、男がなにに興奮するのかわかっているようだ。

どうせ、ネットや雑誌から仕入れた知識なのだろう。

祐介も中学生ぐらいのころは、性的な情報を得ることに情熱を燃やしていたものだった。

男子と女子の違いはあっても、性への渇望《かつぼう》は同じに違いない。それならきっと明日美の頭の中も、卑猥なことでいっぱいなはずだ。

この可愛い妹の願望を満たしてやりたい。

祐介は明日美の太股へ手を伸ばした。短いスカートの下から伸びる太股は、健康的な太さで、脂肪と筋肉のバランスがたまらない。

その太股を撫でまわし、内腿へ手を滑り込ませた。ピクンと明日美の身体が震える。緊張しているのが伝わってくる。そこはしっとりと汗ばんでいた。

内腿を入念に撫で、手を付け根のほうへ移動させようとすると、明日美はハッとしたように内腿を閉じた。

昨日、シックスナインで性器を舐め合った関係だったが、明日美はあのときもそうとう無理をしていたのだろう。

制服を着ていることによって、清純な心が強調されているのかもしれない。でも、そっちのほうが楽しい。この恥ずかしそうな様子がたまらないのだ。

スカートの奥はあとまわしにして、祐介は白い半袖のブラウスの上から乳房を揉みしだいた。

薄い布地の下に丸いふくらみが感じられた。その弾力とやわらかさを手のひらで堪能していると、硬い強張りが感じられた。

見ると、ブラウスがツンと尖っている。ブラジャーをしていないために、乳首が浮き出ているのだった。

健康的な制服姿に透け乳首という組み合わせがいやらしすぎる。祐介はブラウスの上から乳首をくすぐるように愛撫してやった。

「はあぁん……」

ただ触られるまま胸を差し出している明日美のわずかに開いた唇から、悩ましい吐息がこぼれた。

そうやって左右の乳首を弄《もてあそ》んでから、祐介は胸元のリボンを緩めた。完全には外さない。その辺はプロのイラストレーターとしての芸術的センスだ。

そして、ブラウスのボタンをふたつ外した。胸のふくらみが微かにのぞく。

祐介はその胸のふくらみに顔を埋《うず》めた。気のせいか、微かに乳臭い匂いがする。その匂いを肺いっぱいに吸い込んでから、そこに舌を這わせた。

「うっうぅうん……お兄ちゃん、くすぐったいよぉ」

明日美が身体をよじる。それを追いかけるようにして舌を這わせつづける。

同時に、腰にまわした手を下へと滑らせる。すぐにミニスカートに包まれたプリッとしたヒップにたどり着いた。

ミニスカートの上から尻肉をわしづかみにする。

「あっはあぁん……」

明日美の口から切なげな声がこぼれた。さらにスカートをペロンとめくって、今度は生尻をグイッとつかむ。

指を跳ね返してくる、乳房とはまた違う弾力がたまらない。

小ぶりだがぷりぷりとしたヒップを撫でまわし、今度はその手を身体の前のほうへと移動させた。

指先がヌルンとしたものに触れた。

「あっ、ダメ……」

ピクンと身体を震わせると、明日美がすばやく祐介の手首をつかんだ。興奮のあまり、そこがもうかなり敏感になっていたのだろう。

「なにがダメなんだ？　僕に処女を捧げるんだろ？　それならちゃんと触って準備しないといけないんだよ」

「う……うん、それはそうなんだけど……なんか変な感じっていうか……すごく気持ちいいの。ちょっと怖くなるぐらい感じちゃうの」

「いいじゃないか。明日美ちゃんがいっぱい気持ちよくなってるところを見せてくれよ」

手首をつかまれていても、指先は自由に動かすことができる。

祐介は明日美の股間を中指でヌルンと撫でた。

「はっふぅぅ……」

手首をつかむ手に、さらにギュッと力が込められた。

でも、指先が自由に動くのは変わらない。祐介は中指でヌルンヌルンと割れ目を撫でつづけた。

「あぁぁぁぁ……ダメぇ……あああっ……お兄ちゃん……気持ちよすぎるぅ……」

割れ目はすぐにピチャピチャと音を立てはじめた。

自分とひとつになることを想像しながら、明日美の陰部はこうやって濡れてしまっていると思うと、たまらなくうれしい。

祐介はもっともっと濡らしてみたくて、膣口付近を指先でくすぐるように愛撫してやった。

指の動きに合わせて、クチュクチュと音がする。

「あぁぁぁん……いや……いやらしい音だわ……はあぁん……」

感じすぎて身体に力が入らないのか、明日美はその場にしゃがみ込んでしまう。

するとちょうど明日美の目線の高さに祐介の股間がくる。ハーフパンツを穿いたその股間は、大きく盛り上がっている。

「お兄ちゃん……今度はわたしがお口で気持ちよくしてあげる」

ハーフパンツとボクサーブリーフをいっしょに引っ張り下ろした明日美は、目を丸くして感嘆の声をもらした。

「す……すごいよ、お兄ちゃん……」

明日美の目の前には、バナナのように反り返った勃起ペニスがピクピクと細かく震えている。

それはまるで、これから戦いに臨む戦士が武者震いしているかのようだ。

風呂場ですでに千花に弄られて射精寸前まで高まったペニスは、自分でもあきれるほど力を漲らせていた。

驚いている義妹の反応が面白くて、祐介は下腹に力を込めてビクンビクンとペニスを動かしてみせた。

「えっ……な、なに？　なんなの？　昨日よりもすごいかも……」

呆然と見つめている明日美に祐介は言った。

「さあ、お口で気持ちよくしてくれるんだろ。もう待ちくたびれちゃうよ」

「う……うん、わかってる。こうすればいいのよね？」

明日美は祐介の太股にそっと手を置いて、ペニスの裏筋を根元から先端にかけてツーッと舐めた。

その舌先がカリクビのあたりを通り過ぎるとき、ひとりでにペニスがビクン！　と動いていしまう。

「はあぁ……」

切なげな吐息をもらし、明日美はまた根元から先端へ、そしてまた根元から先端へと舌を滑らせつづけた。

「お兄ちゃん、気持ちいい？」

上目遣いで見つめながら、明日美はアイスキャンディでも舐めるようにペロペロと舌を這わせつづける。

もちろんその舐め方も気持ちいいが、明日美の口マ×コを味わいたい気持ちになってくる。

「明日美ちゃん、口に咥えてみて」

「うん。わかった」

肉幹をつかんで手前に引き倒すと、明日美は大きく口を開けて亀頭を口に含んでみせる。

「うぐ……」

小さな口を完全に塞がれ、明日美は苦しげに眉間にしわを寄せた。

それでも、温かな口腔粘膜にねっとりと締めつけられて、ただ舐められるだけよりも祐介の受ける快感は強烈になった。

「ううっ……明日美ちゃん、気持ちいいよ。さあ、そのまま首を前後に動かしてみて」

フェラチオのやり方を指導するが、明日美のそれはぎこちない。

「ダメだよ、そんなんじゃ。ほら、もっと前後に動かしてペニスを気持ちよくしなくちゃ。フェラチオっていうのは、口でするセックスなんだからね。ほら、ほら」

そう指導しながら、さらなる快感を求めて、祐介の腰がひとりでに動いてしまう。

「うぐぐ……ぐぐぐ……」

まだフェラチオに慣れていない明日美には、口の中を巨大な肉棒で掻きまわされるのは恐怖なのだろう。

無意識に舌で押し出そうとするその動きが、亀頭をヌルヌルと舐めまわされて最高に気持ちいい。

それに、まだ幼く可愛らしい明日美が赤黒く勃起した醜悪なペニスを咥えているというその眺めが、たまらないいやらしさとして祐介の心を揺さぶるのである。

「うぐっ……うぐぐ……ぐぐぐ……」

喉の奥まで入れすぎて噎《む》せ返りそうになりながらも、明日美は一生懸命しゃぶってくれている。

口の端から唾液が溢れ出て、ブラウスの胸元にポタポタと滴り落ちる。ブラウスが濡れて、乳首がはっきりと透けてしまっている。

そのあいだも、明日美はすがるような瞳で、祐介の顔を上目遣いにじっと見つめつづけている。

その健気《けなげ》な様子が、肉体に受ける快感を何倍にもしてしまう。

不意に身体の奥にズンズンと熱い思いが込み上げてきた。

（まさか……もうこんなに早く……）

自分の身体なのでよくわかっていたが、この程度で射精してしまうとは思えない。でも、可愛らしい義妹のフェラはそれぐらい気持ちよく、それぐらい興奮するもののようだ。

「うっ……明日美ちゃん……ぼ……僕もう……」

明日美のさくらんぼのような可愛らしい唇のあいだを自分のペニスがヌルヌルと出入りする様子を見ながら、祐介は苦しげな声で言った。

処女である明日美にも、祐介の身体になにが起こっているのかはわかったようだ。

まるでゴール手前でラストスパートするランナーのように、明日美はさっきまでよりもさらに激しく首を前後に動かしはじめた。

まだこのあと、明日美の処女を奪うという一大イベントがあったが、心配することはない。これだけ可愛い義妹を前にすれば、何度でも勃起するはずだ。

祐介は明日美の頭を軽くつかんで小刻みに腰を動かした。

「うぐっ……うぐぐ……ぐぐぐ……」

明日美が苦しげにうめく。その様子を見ながら、射精の予感が限界まで高まる。

「あっ……ううう……明日美ちゃん……気持ちいいよ。ああ、もう……もう出そうだ」

そう言ったときに、祐介の頭の中にある考えが浮かんだ。

「明日美ちゃん、このまま出すよ。だから、今度は全部飲んでね」

「ううう……」

肉棒を咥えたまま、明日美が潤んだ瞳で見上げてくる。

(可愛い……可愛いよ、明日美ちゃん!)

「あああ! も……もう出る!」

祐介は腰の動きを止めた。全身の筋肉が硬く硬直する。次の瞬間、熱くたぎったものが身体の奥から一気に湧き出し、尿道を駆け抜けて明日美の口の中に勢いよくほとばしり出た。

「うぐぅッ……」

明日美は肉棒を深く咥えたまま、可愛らしい顔を苦しげに歪めた。

その顔を見下ろしながら、ビクン！　ビクン！　と肉幹を脈動させ、祐介は大量の精を放出しつづけた。

3

「ううぅ……明日美ちゃん……いっぱい出ちゃったよ」

祐介は満足げに息を吐いて、腰を引いた。巨大なペニスがヌルンと明日美の口から抜け出た。

ペニスと唇が、唾液と精液が混じり合った粘液の糸を長く引いた。

その瞬間、ほんの少し罪悪感が騒いだ。興奮のあまり、調子に乗ってまた口の中に射精してしまったが、大丈夫だろうか？

しかも、今度は飲み込むようにと言ってしまった。

昨日、シックスナインの体勢で射精したときには、明日美は迷うことなく吐き出していた。

精液を飲むなんて、処女にはかなりハードルが高いことに違いない。やはり「吐き出していいよ」と言ったほうがいいだろうか？

祐介は明日美を見下ろしながらそんなことを考えたが、心配する必要はなかった。

明日美は苦い薬を飲むときのように顔をしかめながら、ゴクンと喉を鳴らして精液をすべて飲み込んでみせたのだった。

「明日美ちゃん！」

祐介が感動の声をあげると、明日美は得意げに口を開けて、そこになにも残っていないのを見せつけた。

「飲んじゃった」

イタズラっぽく言うと、ペロッと舌を出した。

「可愛い！　なんて可愛いんだろう。わかったよ、明日美ちゃん。最高の初体験をさせてあげるからね！」

もう自分が既婚者であることも、相手が妻の妹であることも、女子中学生であることも関係ない。

もしもその罪で裁かれるのだとしたら、よろこんで裁かれよう。

だが、今はこの可愛い女の子の処女を奪いたい。奪いたくてたまらない。

「よし。つづきはベッドでしよう」

明日美の腕をつかんで引っ張り起こし、お姫様だっこで部屋の隅のベッドまで連れていく。

祐介は深夜まで仕事をすることも多く、そんなときは麻由子を起こさないようにと、このベッドで眠ることもあった。

そのシングルベッドに明日美を寝かせると、祐介はTシャツを脱ぎ捨てて全裸になった。

おとなしく横になっている明日美は制服姿のままだ。ただし、そのミニスカートの下にはパンティを穿いていない。しかも、ブラジャーもつけていないので、ブラウスに乳首が透けてしまっている。

それは全裸でいるよりもずっとずっといやらしい。祐介が理性を取り戻すことができないのも当然だ。

「さあ、これからが本番だよ。いいんだね?」

祐介が横に並ぶように寝転んで訊ねると、明日美は顔だけをこちらに向けて言った。

「うん。お兄ちゃんに処女を奪ってほしいの」

「わかったよ。そんなふうに言ってくれてうれしいよ。だって明日美ちゃんはすごく可愛いから」

「えへへ……」

明日美が照れくさそうな笑みを浮かべる。その顔が不意に苦しげに歪んだ。祐介の手が太股を這い上がったのだ。

祐介の手はしっとりとした内腿の肌を通り抜け、すぐにぷにゅぷにゅの肉丘にたどり着いた。

天然パイパンのツルツルの肉丘のやわらかさを楽しんでから、それを左右に割るようにして、その奥に指を滑らせる。

「あん……」

明日美が形のいい小さな顎を突き上げるようにして、可愛らしい声であえいだ。

指先を微かに動かすとヌプヌプと音が鳴り、明日美は恥ずかしそうに顔を背けた。

「こっちを見て」

祐介が言うと、明日美は素直にこちらに顔を向けた。頬がほんのりと火照り、瞳が潤んでいる。

すぐ近くから見つめ合いながら、祐介は割れ目の音を聴きつづけた。

明日美がたまりかねたように言った。

「あぁぁん、いやらしい音……恥ずかしいぃ……」

「いい音だよ。いつまでも聴いていたいぐらいだ」

「いやよ。ただ聴いてるだけなんて……。お兄ちゃん、わたしのそこ、どうなってるの？」

処女を卒業する瞬間への期待感が高まっているのだろう。そんな言葉で次の愛撫を催促してくる。

「よし。どうなってるか確認してあげるよ」

祐介はベッドの上に身体を起こして明日美の足元に移動した。ミニスカートの裾がギリギリ陰部を隠している。

その状態で両足首をつかんでグイッと押さえつける。

「あああん、いやぁ……」

恥ずかしそうに言いながらも、その脚には少しも力が入っていない。すぐに明日美はM字開脚ポーズにされてしまった。

当然、ミニスカートはめくれ上がり、陰毛が一本も生えていないツルツルの処女地が剝き出しだ。

「すごいよ、明日美ちゃん。ビラビラが充血しちゃって、ナメクジみたいにうごめいてるよ」

特等席から見下ろしながら、祐介はわざといやらしい言い方をしてやった。

「あぁぁん……お兄ちゃんの意地悪ぅ……」

いやいやをするように首を左右に振りながらも、明日美はM字開脚ポーズを取りつづけている。

「もっとよく見せてね」

祐介は肉丘に指を押しつけるようにして、陰部を左右に開いてみた。

ぴちゅっという音とともに小陰唇が剝がれ、その奥の粘膜が剝き出しになった。

全体的に小ぶりで、きれいなピンク色だ。それは明日美のイメージどおりの清純な陰部だった。

そしてそこは愛液にまみれて、ヌラヌラと光っている。よく目を懲らすと膣口と尿道口が確認できた。そこはヒクヒクとうごめいている。

「すげえぇ……」

祐介はじっとのぞき込みながらため息をもらした。

「あぁん、なにがすごいの？」

「すっごく濡れてるんだよ、もうドロドロだよ」

「……そんなに？」

「ああ、僕のものが入ってきやすいように、明日美ちゃんの身体がいっぱいマン汁を出して準備しているんだ」

「お兄ちゃんのものが入ってきやすいように……？」

明日美は不安そうに訊ねた。

口に含むのも大変な勃起ペニスを、本当に自分のこの小さな肉洞に入れることができるのかどうか不安に思っているのだろう。

それも無理はない。今、祐介の目の前にある膣口はよく目を凝らして見ないとわからないぐらい小さい。

それなりに女性経験がある祐介でさえ、本当に入るんだろうかと不安になるぐらいなのだ。

まずはその狭さを確認したほうがいい。

「もしも痛かったら言ってね」

「う……うん、わかった」

祐介は肉裂を数回撫で上げて愛液をまぶしてから、膣口に指を押し当てて、ゆっくりとねじ込んでみた。

「あっ……あああんん……」

（う……狭い……）

処女の膣穴のきつさに祐介は驚いた。まるで異物の侵入を拒むかのように、固く閉じてしまっている。

おそらくそれは緊張のせいだ。それなら、まず先に、その緊張をほぐしてやる必要がある。

「明日美ちゃんのオマ×コはすっごく狭いから、僕のペニスを入れる前にもっと気持ちよくしてあげたほうがいいみたいだ」

「わたしを気持ちよく……？」

「そう。僕のペニスを入れてほしいって、明日美ちゃんの身体が望むぐらいにね。そのためには……」

祐介は明日美の膝裏に手を添えて、腋の下のほうへグイッと押さえつけた。

「あっ、いやっ……恥ずかしい……」

股間が突き上げられ、明日美が可愛らしい声をもらした。すかさず祐介は身体を近づけて、明日美の身体を固定した。

マングリ返しのできあがりだ。明日美のまだ清純な、男を迎え入れたことが一度もない陰部が、天井に向けて突き上げられている。

そこにはLED電灯の明るい光が照りつけている。愛液がキラキラと光り、ため息が出るほどきれいだ。

「明日美ちゃん、これから気持ちよくしてあげるからね。よく見ててね」

祐介はとろけた陰部に顔を近づけて、割れ目をペロリと舐めた。

「あっはあああん!」

明日美が陰部を剝き出しにしたまま、ビクンと身体を震わせる。可愛らしい顔と、その反応のすごさが、祐介の興奮をさらに煽る。

祐介は夢中になって明日美の陰部を舐めまわした。

「はぁぁん、お兄ちゃん……んんん……気持ちいい……あああん……」

その言葉は嘘ではない。目の前で膣口がヒクヒクとうごめきながら、泉のように透明な液体を湧き出させている。

それに唇をつけて、ズズズ……と音を鳴らして啜《すす》ってやった。

「あぁあん、いや……そんなの飲んじゃダメぇ。汚いよぉ……あぁあん……お兄ちゃん……んんん……」

祐介はペロリと唇を舐めてから言った。

「明日美ちゃんのオマ×コから湧き出てきた液体なんだから、ぜんぜん汚くなんかないよ。それどころか、明日美ちゃんのマン汁を飲んだら、僕のがますます元気になってきちゃったよ」

マングリ返し状態の明日美の背中に押し当てられたペニスがピクンピクンと細かく痙攣している。

それを感じるのだろう、明日美は切なそうな声をもらした。

「あぁ……すごい……はあぁ……」

「ほら、もっと気持ちよくなってトロトロにならないと、僕の大きなペニスは入らないよ」

祐介はピチャピチャと音を鳴らしながら陰部を舐め、肉びらを吸い、膣穴に舌をねじ込んだ。

吐息を荒くしながらも、明日美はじっとその快感に耐えている。

「あぁぁ……いい……お兄ちゃん……気持ちいい……」

明日美がうわごとのように繰り返しつづける。

いったん口を離して確認すると、明日美の陰部全体が赤く充血し、膣口がさっきよりもわずかに広がっているようだ。

「ちょっと試してみるね」

膣口に右手の中指を押しつけると、第二関節ぐらいまでヌルリと滑り込んだ。

「あああん……」

突き上げた両足の指が丸められる。

「明日美ちゃん、さっきよりもだいぶほぐれてきたよ。ほら、僕の指がこんなに入っちゃった」

祐介は第二関節まで埋まった指を、柔肉の中で小刻みに動かした。クチュクチュと音がして、膣口に溜まった愛液が泡立っていく。

その動きで明日美は快感を覚えているようだ。陰部を突き上げたまま、悩ましげに身体をくねらせている。

「あああぁん……はあぁぁぁん……」

といってもペニスと指は太さがぜんぜん違う。指一本でもまだきついので、祐介の勃起ペニスを入れるのはまだまだ厳しそうだ。

もう少し……せめて一度エクスタシーに達するほど感じさせてやったほうがいい。

祐介は指で膣口付近をクチュクチュと刺激しながら、前屈みになってクリトリスを舐めまわしはじめた。

「ああん……はあああん……」

明日美は祐介に身体を預けながら、悩ましく声をもらし、ヒクヒクと身体を震わせる。

熱くとろけた柔肉が、第二関節まで埋まった指に吸いついてくる。

ヌルヌルと締めつけられる感覚が、この穴に自分自身を挿入したときの快感の強烈さを想像させ、祐介のペニスはますます力を漲らせていく。

今ではもう、反り返ったペニスの先端が下腹に食い込んでしまいそうになっていた。

祐介は処女膜を傷つけないように、指を微かに抜き差ししつづけた。

処女膜は大事にしなくてはいけない。それはこのあと、肉棒で破ってやるつもりなのだから。

指を小刻みに抜き差しながら、祐介は執拗にクリトリスを舐めまわしつづけた。

明日美のピンク色のクリトリスは、舌先から逃れるようにヌルンヌルンと滑り抜け、そのたびに、夏用の制服に包まれた若い肉体がピクンピクンと痙攣した。

そろそろ刺激をもっと強くしてやってもいいかもしれない。
祐介は前歯で軽くクリトリスを噛んでやった。

「あっひぃぃ……」

滑稽な声をあげて明日美は身体をくねらせた。同時に膣壁が指を引きちぎらんばかりに締めつける。

エクスタシーまで、もう少しだ。

祐介は可愛い妹の陰部を舌と指で責めつづけた。

「あああん……はっあああん……はふぅぅうん……」

膣の入口付近を指先で擦り、パンパンに勃起したクリトリスを高速で動かす舌で舐め転がしたり、軽く甘噛みするということを繰り返した。

「ああぁっ……はぁああああん……あっあぁぁぁうぅうっ……」

そのたびに明日美は悩ましいあえぎ声をもらして、身体を小刻みに震わせ、膣粘膜が祐介の指を締めつける。

「ううっ……き……きついよ明日美ちゃん……」

その締めつけのきつさを指で楽しみながら、祐介はさらに激しくクリトリスを舌で責めつづけた。

「あぁぁんっ……だ、ダメっ……はあぁぁっ、イ……イク……。イク、イク、イク……。ああああん、イッちゃうぅ……あっはあああん！」

たまりかねたように官能の嬌声を張り上げた明日美の全身が硬直し、押さえつけていた祐介の身体を跳ね飛ばした。

4

「イッちゃったんだね？」

まるで全力疾走したあとのように、ハァハァと荒い呼吸を繰り返しながらベッドの上に四肢を伸ばしている明日美を、祐介は見下ろした。

「……うん。イッちゃった。すごく気持ちよかったよ。はあぁぁん……」

明日美は気怠《けだる》そうに寝返りを打った。

明日美は制服姿だが、白いブラウスは汗に濡れて肌に張りつき、ノーブラの乳首が透けているし、チェックのミニスカートは腰のあたりまでめくれ上がり、愛液と唾液にまみれたツルツルの陰部が剝き出しになっていた。

可愛い妹の刺激的すぎる姿に、祐介の股間はもう痛いほどに力を漲らせていた。

「これ……入るかな？」

祐介がペニスをピクンピクンと動かしながら訊ねると、明日美はまぶしそうにそれを見つめ、決意を込めたようにうなずいた。

「うん、大丈夫だと思う。お兄ちゃんが今、いっぱい気持ちよくしてくれたから、わたしのあそこは、きっともう準備ＯＫだよ」

そう言うと、明日美は自ら股を大きく開いて、陰部を祐介の目の前に晒した。

そこはもうトロトロにとろけているし、膣口が呼吸をするようにパクパクと開いたり閉じたりしている。

「こんなになってれば大丈夫かな。じゃあ、入れるよ。本当にいいんだね？　後悔しないね？」

「うん。後悔しない。わたし、お兄ちゃんに処女を奪ってほしいの」

「わかった。優しくするから、痛かったら無理しないでいいよ」

祐介は反り返るペニスをギュッと握り締めた。真っ赤に充血し、先端から先走りの汁が滲み出ている。

熱い脈動が、ドクンドクンと手のひらに感じられた。

ゆっくりと明日美に覆い被さり、勃起ペニスを下腹部から引きはがすようにして、先端を明日美の膣口にそっと押し当てる。

「はあぁぁぁ……」

決定的なときが近づいてきたことに不安を感じているのか、明日美がすがるような目を向けながら切なげな声を長くもらした。

パンパンにふくらんだ亀頭をぬかるみに押しつけるが、そこは抵抗するようにキュッと入口を閉じてしまう。

「明日美ちゃん、力を抜いて」

祐介の言葉に、明日美はコクンとうなずいたが、それでも身体は硬いままだ。

仕方なく祐介は、溢れ出た愛液を亀頭ですくい取り、それを肉裂の端でぷっくりとふくらんでいる陰核に塗りたくるようにして刺激してやった。

「あっあああん……オチ×チンでそんなことを……はあぁ……はあん……」

パンパンにふくらんだクリトリスは、亀頭の刺激から逃れるようにヌルンヌルンと滑り抜けていく。

そのたびにピクンピクンと明日美の身体が反応し、制服のブラウスの下で乳房がゆさゆさと揺れる。

可愛い妹を見下ろしながら、祐介は亀頭でクリトリスをこねまわしつづけた。

「ああん、お兄ちゃん……。なんだか奥のほうがムズムズしてきちゃった」

自分の身体に生じた兆候に戸惑ったように、明日美がすがるような瞳で見つめる。

額に汗が滲み出て、前髪が数本張りついている。

「子宮が僕のペニスをほしがってるんだよ。もうそろそろ大丈夫そうだな」

「うん。たぶん、そう。お兄ちゃん、入れて」

明日美は両脚を抱えるように持って、M字開脚ポーズで陰部を突き出してみせる。

そこはもうひとりでにパックリと開き、膣口が物欲しそうに涎を垂らしている。

明日美が入れてほしがっているように、祐介もこの処女地に踏み入りたくてたまらない。

祐介はそこに肉棒の先端で、もう一度慎重に狙いを定めた。

クプッと音がして、亀頭が柔肉に温かく埋まった。さっきよりもかなり歓迎されているのを感じた。

押しつける力を強めたり弱めたりしてみた。クチュクチュと音がもれ、潤滑油が大量に溢れ出てくるのがわかる。

だが、まだきつい。明日美は眉間にしわを寄せている。相手は処女だ。焦ってはいけない。

祐介は深呼吸でもするかのようにゆっくりと息を吐くと、明日美の上に覆い被さっていった。

「明日美ちゃん、好きだよ」

優しく唇を重ねた。

「うっ……ううんん……わたしもぉ……。お兄ちゃん、大好き。はあぁうううっ……」

ピンク色の可愛らしい唇をチロチロとくすぐるように舐めまわしてやると、それに誘われるようにして明日美が自ら舌を差し出し、祐介の舌に絡めてきた。

祐介も舌を絡め返し、その舌を明日美の口の中へとねじ込んだ。

「うっううぅん……」

微かな呻き声をもらし、明日美は涎をあふれさせながら祐介の舌を舐めまわしつづける。

上の唇がほぐれてくるのと連動しているかのように、下の陰唇もねっとりと開いてくる。

亀頭が半分ほどぬかるみに埋まっていく。グイッと力を込めて押しつけると、明日美の身体に緊張が走った。

「はああっ……うぐぐ……」

溢れ出るあえぎ声を邪魔するように、舌に吸いつき、舐めたり軽く噛んだりしてやっていると、明日美の身体から徐々に力が抜けてきた。

「さあ、ふたりでひとつになろう」

「うん。お兄ちゃんとひとつになりたい。はあぁぁ……」

明日美がゆっくりと息を吐く。膣壁が緩むのがわかった。ヌルリと亀頭がぬかるみに埋まった。

（せ……狭い……）

それは想像以上の狭さだった。油断すると、収縮を繰り返す膣壁に押し出されそうになる。

「あぁぁん……」

また明日美の可愛い顔の眉間にしわが寄る。違う快感を与えて意識を逸らしてやる必要がある。

祐介はブラウスの裾をたくし上げ、その中に手を滑り込ませた。汗ばんだ肌が指先に引っかかる。

そしてすぐに、やわらかなふくらみにたどり着いた。

まだつぼみのような明日美の乳房を、少し乱暴なぐらい揉みしだいてやった。

「はっぐぐ……んんん……」

同時にディープキスも続行する。もちろん腰を小刻みに動かしつづけながらだ。

「んんん……ふぅんん……」

明日美の鼻息が徐々に荒くなっていく。

祐介は乳房への愛撫を乳首に集中させていった。

硬く尖っている乳首をつまむようにして指の腹でグリグリとこねまわしてやると、明日美の身体はピクピクと反応した。

ディープキスと乳首責めに気を取られているうちに、膣壁の緊張がほぐれてきたようだ。

すでに亀頭が完全に埋まっていた。

それでもまだ膣壁は狭く、侵入者を拒否するようにきつく締めつけてくる。

だが、入口付近もまた性感帯なのだ。

祐介は小刻みにペニスを抜き差しして、カリクビで入口付近の襞々を入念に擦り上げた。

「はあうぐっ……はっぐぐぐっ……」

口の中に舌をねじ込まれたまま、明日美が苦しげなあえぎ声をあげる。もう少しだ。あとほんの少し……。

祐介は腕立て伏せでもするようにして上体を起こし、ふたりの陰部が触れ合った部分を見た。

すでに亀頭は完全に埋まっているが、肉幹はまだ全体の数分の一といった感じだ。これでは初体験を済ませたとは言いがたい。

祐介はペニスが埋まったあたりを指でなぞり、濃厚な愛液をすくい取って、それをクリトリスに塗りたくるようにしてやった。

「あああっ……」

ピクンと明日美の身体が震え、クリトリスの快感に気を取られたように膣壁が緩むのがわかった。

「明日美ちゃん、これ、気持ちいいだろ？　ほら、ほら」

さらにクリトリスをこねまわし、指先でつまんで葡萄《ぶどう》の実を押し出すようにヌルンヌルンと滑らせた。

「ああっ……はああっ……あああん……」

夏用制服の白いブラウスの下で乳房を揺らしながら明日美があえぐ。

その様子を見下ろしながら、祐介は腰を押しつける力を強めたり緩めたりして、少しずつペニスを奥深くへ挿入していく。

その何回目かわらかない押しつけのとき、ツンデレの女の子がそれまで冷たい態度を取っていたのが急に素直になったかのように膣壁が緩み、巨大なペニスがヌルリと滑り込んだ。

「あっ……」

明日美の口から声がもれた。それはあえぎ声とは違う。驚きの声だ。同時に祐介も同じような声をもらしてしまう。

「えっ？……入った」

見ると、巨大な勃起ペニスがほとんど明日美の華奢な身体の中に埋まっていた。あと、もう少しだ。

さらに力を込めて肉棒を押し込むと、膣壁がメリメリと広げられていく。

「あああ……入ってくるぅ……」

苦しげに眉間にしわを寄せながら明日美が言う。そして、ふたりの身体が完全にひとつになった。

「うう……どうだ、明日美ちゃん。痛くない？」

「う〜ん。少し痛いけど大丈夫。だけど、あそこの奥のほうにお兄ちゃんを感じるの。ピクピク動いてる。はぁぁ……変な感じ。あぁぁぁん……」

両膝を抱え、ミニスカートがめくれ上がって剝き出しになっている陰部に巨大なペニスを呑み込んだまま、明日美が幸せそうな表情を向けてくる。

こんな可愛い女の子が自分とひとつになれたことをよろこんでくれているのだと思うと、祐介は肉体に受ける快感以上の感動を覚えた。

もちろん処女穴の締めつけは気持ちいい。というよりも気持ちよすぎる。ほとんど自分の意思とは関係なく腰が前後に動きはじめてしまう。

「あっぐぐっ……ん……」

明日美が喉の奥から呻き声をもらす。

生まれて初めて異物を身体に挿入されたのだ。いくらたっぷり前戯をしたからといって、痛くないはずはない。

祐介は明日美の身体を気遣いながら、慎重にゆっくりとペニスを抜き差ししつづけた。

「明日美ちゃん、どんな感じ？」

「あぁぁん……お兄ちゃん、最高よ……わたしは今、お兄ちゃんとセックスしてるのよね？」

「そうだよ。僕たちは今、セックスしてるんだ。ううっ……明日美ちゃんのオマ×コ、きつくてすごく気持ちいいよ」

「はあぁぁん……お兄ちゃん、大好き。あぁぁぁん、キスして」

明日美がまだ少し顔を痛みに歪《ゆが》めながらもうれしそうに言い、下から祐介の唇を求めてくる。

祐介は望みどおり明日美の唇を塞いでやり、口の中に舌をねじ込んだ。

クチュクチュ、クチュクチュ、と絡まり合う舌が音を立て、その音に共鳴するようにふたりの下腹部もグチュグチュと鳴りしはじめた。

ともすれば本能に任せて力いっぱい突き上げたくなるが、なるべく明日美の身体に負担をかけないようにと、祐介は優しく優しく腰を振りつづける。

「はぁぁぁん……お兄ちゃんのオチ×チンがわたしの中で動いているわ。わたし、お兄ちゃんとこういう関係になりたいって、ずっと思ってたの。あぁぁ……すごく気持ちいい……はあぁぁぁ……」

「感じてるんだね？」

「うん。最初はちょっと痛かったけど、もう痛くない。それどころか、すっごく気持ちいい。これがセックスなのね？　あぁぁ……お兄ちゃん……好きよ」

明日美が下から祐介の後頭部に腕をまわして、抱き寄せて熱烈なキスをしてくる。

同時に膣壁が収縮して勃起ペニスをきつく締めつける。

「ううう……明日美ちゃん……ううう……」

祐介もディープキスを返しながら、徐々に腰の動きを激しくしていった。

「はあぁん……はぁぁん……あぁんッ……」

子宮口を突き上げるたびに、明日美の口から悩ましい声がこぼれ出る。

ブラウスをたくし上げて剝き出しにした乳房をわしづかみにし、その弾力を楽しみながら、祐介はヌルヌル擦れる処女粘膜の感触を味わった。

本当ならもっといろんな体位で楽しみたいが、処女を卒業したばかりの明日美の肉体には負担が大きいだろう。

それに、きつすぎる肉洞と可愛い妹の処女を奪ったという興奮のせいか、もう祐介の身体の奥から射精の予感がズンズンと込み上げてくるのだった。

「明日美ちゃん……ぼ……僕もう限界だ」

「え？　はあぁぁん……お兄ちゃん、イキそうなの？　わたしのあそこが気持ちよくてイキそうなのね？　あああぁん……」

意識朦朧とした状態で訊ねる明日美の問いかけに、祐介は腰の動きを徐々に速めながら答えた。

「ううっ……そ……そうだよ。明日美ちゃんのオマ×コは最高に気持ちいいよ。だから……もう……もう……」

話している余裕もない。腰の動きを弱めることもできずに、祐介は限界へと駆け上っていく。

「ああん……お……お兄ちゃん……あああああん……」

「ああっ……も……もうダメだ……で、出る……ううう！」

祐介は射精の瞬間、幼い肉壺からペニスを引き抜いた。

ぬかるみにはまった足を無理やり引き抜いたときのようなジュボッという音がして、濃厚な愛液を撒き散らしながらペニスが亀頭を跳ね上げた。

その肉幹を右手で握り締め、愛液というローションを使って数回しごくと、ビクン！　とペニスが脈動し、先端から白濁液が勢いよく噴き出した。

制服がはだけた明日美の胸元から、めくれ上がったチェックのミニスカート、そして陰毛が一本も生えていないツルマンにかけて、祐介の熱い思いが大量に降り注ぐ。

「ううう……明日美ちゃん……」

「ああん……お兄ちゃん！」

精巣の中が空っぽになるぐらい大量に射精してしまうと、祐介はほっと息を吐き、自分が放出した白濁液にまみれてしまっている制服姿の明日美を見下ろした。

「明日美ちゃん、すごく気持ちよかったよ」

明日美はぐったりと手足を伸ばして、苦しげな呼吸を繰り返している。

ふと見ると、明日美のお尻の下あたりのシーツに、赤い染みができていた。

明日美が処女だったのだということを改めて思い知らされた。そのことで興奮するのと同時に、罪の意識が騒いだ。

射精して理性がようやく働くようになったということもあり、祐介の頭の中には麻由子の顔が浮かんだ。

妻の妹である女子中学生の処女を奪ってしまった……しかも制服姿の女子中学生の処女を……。

祐介はティッシュを数枚引き抜くと、まだ放心状態の明日美の身体を拭いてやりながら囁いた。

「いいか、明日美ちゃん。このことは誰にも言わないでくれよ」

「どうして？」

「だって僕と明日美ちゃんは、血がつながってなくても、兄と妹なんだよ。しかも、僕は明日美ちゃんのお姉さんの旦那さんなんだ。もうタブーだらけの禁断の関係なんだから」

「……禁断の関係？　なんだかカッコイイ！」

明日美が勢いよく身体を起こした。

「カッコイイかもしれないけど、誰にも知られちゃいけないことなんだ。わかるね？　僕と明日美だけの秘密だ。千花ぽよちゃんにも話しちゃダメだよ。いいね？」

「うん、わかった。誰にも言わない。約束ね」

明日美が祐介の右手を引っ張り寄せ、その小指と自分の右手の小指を引っかけて上下に振った。

「お兄ちゃん、指切りげんまんね！」

この軽いノリ、信じていいんだろうかと苦笑しながら祐介は指切りをした。

5

「やっちゃった！」

将来の子供部屋のドアを開けて中に駆け込むと明日美は、スマホでマンガを読んでいた千花の前にヘッドスライディングするようにして座り込んで言った。

「すごい！　で、どうだった？」

千花が身を乗り出して訊ねる。

ふたりの鼻と鼻が触れ合いそうな距離で、明日美は興奮した口調で言った。

「最初はちょっと痛かったけど、お兄ちゃんが入念に前戯をしてくれてたから、すぐに気持ちよくなってきたの。ああ～、最高の時間だったわ。まるで夢を見てるみたいだった」

「よかったじゃないの」

千花が明日美の両肩をつかんで、激しく揺さぶった。

「今でもまだ、お兄ちゃんのオチ×チンが入ってるみたいな感じがするの。ああ……お兄ちゃん……」

明日美はミニスカートの上から股間を押さえた。

パンティを穿いていないその部分はまだ濡れている。というか、憧れの兄との初体験の余韻を引きずりながら、まだ愛液を溢れ出しつづけていた。

うっとりと目を細めた明日美に、千花がしみじみと言う。

「いいなあ〜。あたしも早く処女を卒業したいな〜」

明日美はそんな千花の顔をじっと見つめた。胸の奥がざわざわする。そして、決意を込めた声で言った。

「協力するよ。千花ぽよのために。お兄ちゃんを誘惑しちゃお」

「いいの？」

「だって、わたしたち、親友だもん。それに千花ぽよがお風呂場で挑発してお兄ちゃんの理性を麻痺させておいてくれたから、わたしはお兄ちゃんとエッチすることができたんだもん。もしもひとりで泊まりに来てたら、絶対なんにもすることができなくて、処女のまま家に帰ることになってたと思うんだ」

それは事実だ。

昨日はヌードモデルになって、さらにシックスナインで性器を舐め合いながらも、最後の最後で「僕たちは兄妹なんだから」と断られてしまった。

結局そこどまりで、祐介相手に処女を卒業するなんてもう絶対に無理だと思っていたのに、千花が祐介の入浴中にお風呂場に乱入し、射精寸前で放り出してくれたから、明日美は望みを果たすことができたのだ。

その恩を返さなければいけない。祐介のことは大好きだったが、もともと姉の旦那さんでもある。明日美が独占するなど、許される相手ではないのだ。

「じゃあ、作戦を考えようよ。名づけて『千花ぽよ処女喪失大作戦！』ね」

「あたし、なんだかあそこがムズムズしてきちゃった」

「まだ早いよ〜」

明日美と千花はケラケラと明るい笑い声をあげた。

第五章　五日目──小悪魔メイドのご奉仕

1

祐介が仕事部屋でパソコンに向かっていると、ドアがノックされた。誰だろう？　また明日美だろうか？

昨日、明日美の処女を奪ってしまった。

明日美の肌はすべすべで、まるで温かい陶器のような触り心地だった。

ふくらみかけの乳房は、まだ若干つぼみの硬さだったが、それでも手のひらにすっぽり収まる感覚がたまらなかった。

そして、あの処女の蜜壺だ。

しっかりクンニと指マンでほぐしたし、それに大量の愛液が溢れ出ていたのでなんとか挿入することができたが、恐ろしく狭くて気持ちよかった。

しかも、制服姿のまま犯すというのが禁断の思いを強くして、今までに経験したセックスの中で一番興奮した。

だけど、相手は妻の妹で、まだ中学生だ。射精してスッキリしたあとには、とんでもないことをしてしまったという後悔の念が湧き上がる。

そのくせ、明日美のことを考えただけで、股間が硬くなってしまうのだった。

またノックの音がした。

「どうぞ」

声をかけると、静かにドアが開けられた。そこに立っていたのは、メイド服姿の千花だった。

「ち……千花ぽよちゃん……どうしたんだよ、その格好は？」

「可愛いでしょ？　ご主人様」

千花はくるりとターンしてみせた。黒いミニのメイド服に白いエプロン、頭には白いカチューシャをつけている。

しかもそのメイド服は襟ぐりが大きく開いていて、胸の谷間が丸見えになっている。

「う……うん……まあ、可愛いけど」

気のないふうに言いながらも、その可愛さはまぶしすぎて千花をまっすぐに見ることができないほどだ。

「あたし、高校生になったらメイド喫茶でバイトするのが夢なんです」

「へ～、そうなんだ。すごく似合ってるよ」

似合っているどころではない。可愛い……可愛すぎる……。もしも千花がメイド喫茶で働いたら、きっと客がそれ以前の数倍になることだろう。

明日美も可愛いが、千花の可愛さはまた違う。明日美がアイドルだとしたら、千花は女優だ。学園ドラマで主人公の男子が憧れるクラスのマドンナ的な存在だ。

中学時代の祐介にもそういう存在はいた。

だけど、もちろん付き合うことなどできるわけがなく、それどころかまともに言葉を交わしたこともなかった。

失われた青春は、もう取り返すことはできない。

後悔の念が込み上げてきて、気がつくと両手の拳をギュッと握り締めてしまっていた。

「ご主人様、どうしたんですか～？」

千花が身を乗り出すようにして、祐介の握り締められた拳をのぞき込んだ。前屈みになると、胸の谷間がむにゅっと強調される。

祐介は思わず生唾を飲み込んだ。

（そういえば僕はこの娘にパイズリしてもらったんだった。それだけじゃない。風呂場で全裸で身体を洗い合い、千花ぽよちゃんのあそこを入念に洗ってイカせてやったんだった）

「うっ……」

股間がうずき、思わず声をもらしてしまった。祐介はごまかすように椅子をくるりと回転させて背中を向けた。

「ところで明日美ちゃんは？」

パソコンに向かったまま、何気ない様子を心がけて訊ねた。

「小学校の同級生で、東京に住んでる人がいるから会いにいくって。昨日、あたしが友だちに会いにいったんで、自分も会いたくなったんだそうです」

「そうか……」

本当かどうか怪しい。昨日のことがあって気まずいのかもしれない。

そういう祐介も、一夜明けると罪の意識がますます大きくなってきていて、今日は朝食もひとりで先に食べて、あとはずっと部屋に閉じこもっていたのだ。

不意に、肩になにかが触れた。

「え？」

思わず祐介の口から声がもれてしまった。千花が祐介の肩に手を置き、優しく撫でまわしている。

「ご主人様の肩、すっごく硬〜い。マッサージして差し上げますね」

そう言うと、千花は肩を揉みはじめた。

「あ、いいよ。そんなの、悪いよ」

「いいえ。これもメイドの仕事ですから」

女子中学生なのでたいして力は強くないが、ただ撫でまわされているだけで気持ちいい。

昨日、風呂場で背後から手をまわしてペニスを洗ってもらったときの快感が蘇ってきて、祐介はうっとりと目を閉じた。

「ご主人様、仕事のしすぎですよ。こんなに凝っちゃって……どうですか？　気持ちいいですか？」

「う……うん、気持ちいいよ、千花ぽよちゃん……んんん……」

「ご主人様がよろこんでくれて、うれしいです。もっといっぱいマッサージしてあげますね」

千花の手が肩から腕に滑り降り、さらには祐介の手を優しく揉みはじめた。

まるでエステでも受けているかのような気持ちよさだ。エステは受けたことがないが、祐介はそう思った。

ひとしきり手を揉み終えると、今度は千花は椅子をくるりと回転させて祐介を自分のほうに向かせた。

「失礼しますね」

その場に膝をつき、今度は太股を揉みはじめた。

ぞくぞくするような快感が身体を駆け抜け、下腹部にさらに力が漲ってくる。

(ああ、気持ちいい……気持ちよすぎるよ。んんん……)

祐介が心の中でそうつぶやいたとき、千花の手がハーフパンツを穿いた祐介の股間をそっと撫でた。

「だ、ダメだよ、そこは!」

祐介はパッと目を開け、勢いよくその場に立ち上がった。

「あああん……」

祐介の勢いに驚いた千花が尻餅をつき、ミニスカートの奥が丸見えになった。

ピンク色のパンティを穿いているが、その中心部分の色が変わってしまっている。

それは内側に滲み出た愛液が染み出しているようだ。

どうやら千花も、祐介の身体を触ることで興奮していたらしい。

千花の染みつきパンティをもっと見たい。いや、その奥を見たい。なんなら匂いも嗅ぎたい。

だが、そんな願望を振り払うように勢いよく後ろを向き、祐介は窓辺まで大股で歩いていった。

「ありがとう。身体がだいぶ楽になったよ」

窓から外を見ながら、礼を言った。

さすがに昨日、妹とセックスしたばかりなのに、その友だちとまでセックスするわけにはいかない。

それでは、あまりにも節操がなさすぎる。

祐介は高ぶる股間の逸物を無視して、なんとか必死に耐えた。

背後でふっと息を吐く気配がした。千花もかなり緊張していたようだ。

どこか吹っ切れた様子で千花が言う。

「ご主人様、そろそろお腹がすいてきたんじゃありませんか？　こうやって泊めてもらっているお礼にと思って、お昼ご飯を作ってみたんです」

「……お昼ご飯？」

そう言われると、なんだかいい匂いがしているようだ。

「あたし、こう見えて料理は得意なんですよ。ねえ、いっしょに食べましょうよ」

千花が祐介の手をつかんで引っ張る。いっしょにダイニングに行くと、テーブルに豪華な料理が並んでいた。

「これ全部、千花ぽよちゃんが作ったの？」

「そうですよ！　おいしそうでしょ？　さあ、どうぞ座って」

千花が祐介のために椅子を引いてくれた。

早朝からずっと仕事をしていて、空腹だったことを思い出した。おいしそうな料理を目の前にして、祐介の腹がグ〜ッと大きく鳴った。

それが千花にも聞こえたらしい。

「まあ、ご主人様、お腹が減ってたんですね。さあ、どうぞ、いっぱい召し上がれ」

千花が甲斐がいしく、料理を小皿に取ってくれる。

「いただきます。お！　おいしいよ！　千花ぽよちゃん、すごいよ！」

一口頰張った祐介は、思わずそう言っていた。

おいしそうに見えるだけではなく、本当においしい。味付けが最高だ。千花はギャルっぽい見た目からは想像できない家庭的な一面があるようだ。

千花の女子力の高さに感心しながら、祐介はテーブルに並んだ料理を次々に頰張りつづけた。

「はい、ご主人様。赤ワインもどうぞ」

千花がグラスに赤ワインをついでくれた。

「ありがとう。でも、今日はまだ仕事があるから」

祐介はそう言って断ったが、千花は顎を引き、上目遣いに見つめながら言う。

「この料理には赤ワインが合うんです。っていうか、赤ワインを飲むことによって完成するっていうか……ねえ、お兄さん、一杯だけどうぞ」

可愛い顔でじっと見つめられると断れない。

「そうか。せっかく千花ぽよちゃんが作ってくれた料理だもんね。完璧なかたちで味わうべきだよね」

祐介はグラスを口元に運び、ゴクンと一口飲んだ。

2

酔い潰れた祐介をリビングのラグマットの上に寝かせると、千花は額の汗を手の甲で拭《ぬぐ》った。

「ふーっ。お兄さんがこんなにお酒に弱いなんて……。明日美ちゃんが言ってたとおりだわ」

ワインをグラスに半分ほど飲んだだけで祐介は泥酔し、テーブルに突っ伏すようにして眠ってしまった。

だけど、それは千花の狙いどおりだった。

昨日、明日美が祐介相手に処女から卒業した。その話を聞いたあと、次は千花の処女喪失大作戦について入念に打ち合わせをした。

「わたしとエッチしたばっかりだから、お兄ちゃんはたぶん千花ぽよが誘っても断ると思うの。そんなに次々といろんな女の子とエッチしたらいけないとか考えて。だから、そのときには酔わせてやっちゃえばいいのよ。男はお酒を飲むとエッチな気分になる生き物なんだから」

いったいどこで仕入れてきた情報なのか、明日美は断言するように言った。

明日美のお姉さんからの情報によると、祐介はお酒にかなり弱いらしい。だいたい缶ビールを一本飲むと眠ってしまうのだとか。

いちおう、最初はメイド服姿で挑発してみて、それで乗ってこなければお酒に酔わせてその気にさせて……と考えていたが、まさかこんなにお酒に弱いと思わなかった。テーブルに突っ伏して眠ってしまったときには、びっくりして「嘘でしょ」とつぶやいてしまったほどだ。

できればベッドまで運びたかったが、大人の男性を担いでいくのは女子中学生には無理だ。

仕方なく途中のリビングのラグマットの上に寝かせた。

「さて、このあとどうしようかな?」

気持ちよさそうな寝息を立てている祐介を見下ろしながら、千花は腰に手を置いて考え込んだ。

(酔っ払わせてエッチな気分にさせて、あとはお兄さんに任せようと思っていたのに……)

明日美と毎日のようにエッチな話をしていたし、こっそりスマホでエロ動画を観たりしていて、知識はいっぱいあったが、さすがにこの状況になると、どうしたらいいかわからない。

途方に暮れてしまった千花は、とりあえず祐介の服を脱がすことにした。

「お兄さん、脱がしますよ～」

そう声をかけて、ハーフパンツを引っ張り下ろす。

お尻が重くて苦労したが、そこを通り抜けるとあとは簡単に足首まで下ろすことができた。

「まあ……」

千花は祐介の股間をのぞき込んだ。ペニスが陰毛の茂みの中に埋もれそうになっている。

この家に泊めてもらうようになってから、パイズリしたり、お風呂で身体を洗いっこしたり、今まで経験したことのないことをいろいろ経験した。

そのときに祐介のペニスをじっくり見たが、それは常に怖くなるぐらいに力を漲らせていた。

それなのに今、目の前にあるペニスは小さく縮こまっているのだ。

「可愛い～」

思わず子犬を見たときのような言葉が口から出てしまった。

生まれて初めて目にした勃起ペニスは想像以上に大きくて、こんなものが自分の身体に突き刺さると思うと怖くて泣きそうになったが、この可愛いペニスなら初体験も怖くない。

そう思いながら千花は指先でペニスを弄《もてあそ》んだ。ふにゃふにゃしていて、あの硬く反り返っていたのと同じペニスだとは思えない。

だが、すぐに目の前で、今度は信じられないことが起こった。

千花が指で弄んでいると、小さくてやわらかいペニスがムクムクと力を漲らせはじめたのだ。

そして、見る間に大きく勃起していき、すぐにまたあの見慣れた巨大な肉の棒に変身してしまった。

「す……すごいわ……なんなの、これ？」

千花は目を丸くした。こうやってやわらかい状態から勃起していく過程を見るのは初めての経験だった。

ペニスの不思議さに感動してしまう。

もっとよく観察したい。千花はおそるおそるペニスに顔を近づけていった。

ほんの少し生臭い匂いがするが、それは決していやな匂いではない。それどころか、その匂いを嗅いだとたん、身体の芯がズキンとうずいた。

「はあぁ……お兄さん……お兄さんのオチ×チン、舐めてあげますね」

千花はその場に両手をつき、餌を食べる子猫のようにペニスを舐めまわしはじめた。根元から先端にかけて、ペロリとペロリと舌を這わせる。

「ううっ……うううっ……」

数回そうやって舐めていると、ある法則に気がついた。矢印のようになった部分を舌が滑り抜けた瞬間に、祐介は呻き声をもらすのだ。

「ふ〜ん、ここが気持ちいいのね？」

祐介にはパイズリをしてやったし、手のひらで身体を洗ってやった。ただそのときは、無我夢中でほとんどなにも考えることはできなかった。

こうやって祐介が酔い潰れてしまったのはアクシデントだったが、おかげでじっくり観察することができて、かえってよかった。

千花は祐介の身体の反応を見ながら、カリクビのあたりをペロペロと舐めまわしつづけた。

「あれ？　なにか出てきた」

亀頭の先っぽに透明な液体が滲み出てきていることに気がついた。

「これって、我慢汁？」

パイズリをしてあげたとき、祐介が確かそんなことを言っていた。これは気持ちいいと出てくる液体なのだ。

千花は肉幹をつかんで先端を天井に向けた。よく観察すると先っぽに穴が開いていて、そこに滲み出ているのだ。

（オシッコや精子とおんなじなのね）

少し抵抗があったが、好奇心のほうが勝っていた。千花は舌を伸ばして、その我慢汁をペロリと舐めてみた。

そのとたん、祐介が低くうめいた。

「うっ……」

見ると苦しげに眉間にしわを寄せている。

「お兄さん、気持ちいいのね？　特に味はしないけど、なんだかすごくおいしく感じるわ。もっと吸い出してあげますね」

そう言うと千花は、肉幹をつかんだ手を上下に動かしはじめた。すぐにまた透明な液体が先端に溜まってきた。

亀頭に唇をつけて、ズズと音を鳴らして我慢汁を啜《すす》ってやった。そして、そのまま亀頭を口に含んだ。

「ううう……」

祐介が呻き声をもらす。

その呻き声を聞いて、千花は身体が震えるのを感じた。

セックスには興味があったが、ペニスは小便が出る場所ということで汚い印象もあり、フェラチオという行為をする女性のことが、以前はいまいち理解できなかった。

だが、こうして硬く勃起したペニスを口に咥えてみると、なんとも言えない興奮が込み上げてくる。

それに、祐介の気持ちよさそうな顔……。

ペニスを咥えたまま上目遣いに見つめると、祐介はうっとりとした、なんとも幸せそうな表情を浮かべている。

それならもっと気持ちよくしてあげたいという気持ちになってしまうのだ。

千花はペニスを口に含んだまま、首を前後に動かしはじめた。

「ううん……んんん……」

祐介の呻き声が大きくなる。と同時に、すでに完全に勃起状態だと思っていたペニスが、口に中でピクンピクンと震えながらさらに大きくなってきた。

小さな口を、完全に塞がれてしまう。苦しいが、その苦しさがまた快感だ。

(あああん、お兄さん……こうすれば気持ちいいんでしょ? あたしのフェラチオ、気持ちいいでしょ?)

千花は徐々に首の動きを激しくしていった。

すると、しゃぶる動きに合わせて、ペニスがビクンビクンと身震いを繰り返す。

祐介はどちらかといえば痩せ型なのに、ペニスはすごく太くて逞しい。そのことを口の中に感じると、千花はどんどん興奮してくる。

「はあうぐぐ……」

ほとんど無意識のうちに自分の股間に手を触れていた。

パンティの上から指を押しつけると、ヌルリと肉裂が滑るのがわかった。ムズムズするような感覚が、パンティの内側に充満していく。

もう我慢できない。直接触りたくてたまらない。

千花はペニスを口に咥えたまま、メイド服のスカートをめくり上げ、片手で器用にパンティを脱ぎ下ろした。

片足だけ脱ぎ、もう一方の膝のあたりにパンティが絡まった状態で、千花はお尻を突き上げた。

ぴちゅっという音とともに小陰唇が剝がれ、熱く濡れた粘膜に空気がひんやりと触れた。

「はあぐぐぐ……」

すごく敏感になっている。そこを指先でヌルンと撫でると、身体がピクンピクンと痙攣する。

千花は溢れ出た愛液を指ですくい取り、それをクリトリスに塗りたくるようにしてこねまわす。

「はっううぐ……ぐぐぐ……」

快感のやり場に困ったように、ペニスをしゃぶる勢いがますます激しくなる。

それに連れて、祐介の呻き声が大きくなってくる。

「ううう……んんん……ああ、気持ちいいよぉ……」

祐介ははっきりとそう言葉を発した。驚いて顔を見ると、やはりまだ酔い潰れたままのようだ。

きっとフェラチオが気持ちよくて、エッチなことをしている夢を見ているのだろう。

(お兄さん、誰の夢を見てるの？　奥さん？　それとも明日美ちゃん？)

嫉妬の思いをぶつけるように、千花は口腔粘膜全体で締めつけながら首を激しく動かしつづけた。

ジュパジュパと唾液が卑猥な音を立てる。

「あううっ……ううっ……んんん……」

祐介がさっきまでとは違う奇妙な声をもらしはじめた。と同時に、口の中のペニスがさらにひとまわり大きくなったように感じられた。

(ひょっとして、お兄さん……もうイキそうなの?)

そう思うと、身体がカーッと熱くなった。

(どうしよう? このままだったら、お口の中に出されちゃう。あああん……)

明日美も口の中に精液を出されたと言っていた。それを全部残さず飲み込んであげたとも。

(それなら、あたしだって……)

千花はさらに激しくペニスをしゃぶりつづけた。祐介の呻き声が大きくなる。

「ううっ……うううっ……」

ペニスが石のように硬くなり、ピクンピクンと細かく痙攣する。

と思うと、いきなり肉幹がビクン! と激しく脈動し、千花の口の中に、生臭い液体が勢いよく迸《ほとばし》った。

「うっ……ぐぐ……」

喉の奥まで飛び散り、千花は噎《む》せ返りそうになった。

でも、それで終わりではなかった。祐介のペニスはビクン！　ビクン！　と断続的に脈動し、何度も射精を繰り返すのだった。

3

ギュッと目を閉じて、千花は精液を口の中に受け止めつづけた。

そして、ようやく射精が収まったときには、口の中にどろりとした濃厚な液体が大量に溜まっていた。

千花はそれをこぼさないように、慎重に身体を起こした。

祐介のペニスはペタンと音を立てて倒れ込んだ。

それは唾液と精液にまみれ、まだときおりピクピクと痙攣しながら下腹に横たわっている。

頭がクラクラするほど卑猥な眺めだった。

すぐ目の前にティッシュが置いてあった。だが、千花はそれには手を伸ばさない。

（あたしのフェラで、せっかくお兄さんが出してくれたんだもの。吐き出したりしたらもったいないわよね）

目を閉じて満足げな表情を浮かべている祐介を見下ろしながら、千花は口の中に溜まった大量の精液を、ゴクンと喉を鳴らして飲み込んだ。

「んぐっ……んん……」

苦い薬を飲んだときのように、喉の奥に引っかかる感覚があった。

ただ、それは不快ではなかった。まだ口内発射の余韻が残っているようで、幸せな気分になれるのだった。

気のせいか、すぐにお腹のあたりが温かくなってきた。それに連れて下腹部がムズムズしはじめ、割れ目からエッチなお汁が滲み出てくるのが感じられた。

「はぁ……お兄さん……」

本当ならそのムズムズしている場所を、祐介の硬いペニスで掻きまわしてもらうつもりだったのだ。

それなのに、調子に乗ってフェラチオで射精させてしまった。

（せっかく処女から卒業するチャンスだったのに……。あたしったら、なにをしてる

んだろ）

千花は絶望的な気分になって、また祐介のペニスに視線を向けた。

それはまだ最初よりは大きくなっているものの、さっきまでのような猛り立つような硬さはなくなり、だらしなく祐介の下腹に横たわっている。

でも、その気の抜けたような感じが、なんだか無性《むしょう》に可愛らしく、愛おしく思えてくる。

今日、処女を卒業できないなら、せめてもう少し祐介のペニスを愛《め》でていたい。

千花はやわらかくなったペニスを指でつまみ、その先っぽを口に含んだ。

軽く吸うと、管の中に残っていた精液の味が口の中に広がった。

もっと吸い出してみたい思いから、千花はチュパチュパと音をさせながらペニスを吸った。

（えっ？ お兄さん！ こ……これって……）

千花の口の中で、ペニスがまたムクムクと大きくなってきた。そしてすぐに、口に咥えているのが苦しいぐらいに勃起してしまった。

「ぷふぁぁ……」

口の中から出したペニスは、すでに射精する前と同じぐらい硬く、大きくなっていた。

それは唾液に濡れ、ピクンピクンと小刻みに震えている。

「お兄さん……はぁぁ……すごい……」

千花はメイド服のスカートの中に手を入れた。熱く濡れた割れ目に、指がヌルリと埋まった。

「はぁぁっ……」

気持ちよくて、思わず声がこぼれてしまった。

「お兄さん、入れてもいいですか？　あたし、お兄さんのオチ×チンで処女を卒業してもいいですか？」

祐介はまだ酔い潰れたままだ。もちろん千花は返事など期待していない。そう訊ね終わるときにはもう、祐介の股間を跨いでいた。

ペニスの根元をつかんで先端を上に向ける。そこに膣口をそっと添えた。

「このままお尻を下ろせばいいんですよね？」

また答えを待つことなく、千花はお尻を下ろしていく。クプッという音とともに、亀頭がぬかるみに埋まった。

パンパンにふくらんだ亀頭が千花の膣を押しひろげていく。メリメリと音がしそうだ。

だが、亀頭の半分も入らない。千花の陰部はまだつぼみのように硬く、巨大なペニスを受け入れる準備はできていなかった。

「ああ〜ん……ダメだわ」

千花は大きくため息をついた。まだ前戯が足りないのだ。明日美の初体験について、ゆうべさんざん聞かされた。

その話によると、祐介が入念に前戯をしてくれたからこそ、スムーズに挿入できて、おまけに快感まで覚えることができたということだった。

それなら……。

「ねえ、お兄さん、起きてください」

千花は祐介の身体を揺すってみた。

「う……う〜ん……」

怠そうにうめくだけで、祐介は目を覚まさない。

フェラチオで射精させても起きなかったのだから、もうどうやっても目を覚ますことはなさそうだ。

仕方ないからオナニーをしてあそこをとろけさせようかと考えた千花の頭に、あるアイディアが浮かんだ。

「そうだわ！」

千花はその場に立ち上がり、今度は祐介の顔を跨いだ。

どうせなら祐介にクンニさせてやろうと考えたのだ。

そして千花はスカートをたくし上げて、まるで和式トイレで用をたすときのように屈み込んだ。

ある程度腰を落としたとき、肉びらがひとりでに剝がれて、ぴちゅっという音がした。

その直後、熱く濡れた粘膜に祐介の吐息がかかり、ひんやりした。

「はあぁぁん……」

それは些細な刺激だったが、千花は屈み込んだまま腰をヒクヒクさせた。それだけで、あそこの奥から愛液がどっと溢れ出てくる。

愛液は膣口付近に朝露のように溜まっていき、すぐに限界に達して、祐介の唇にポタリと滴り落ちた。

「ううう……」

眠ったまま、祐介はペロリと唇を舐めまわした。そして、もっとほしいといったふうに、舌をレロレロと宙に動かしてみせる。

「あぁぁん、お兄さん……あたしのオマ×コを舐めてぇ」

千花は祐介の舌に狙いを定めて、ゆっくりと陰部を近づけていく。そして、祐介の舌と千花の陰唇が軽く触れ合った。

「あんっ……」

ピクンとお尻を震わせて、千花は悩ましい声を発した。

「ううぅん……」

小さな呻き声をあげて、祐介がまた唇を舐めまわす。そこを狙って千花は陰部を押しつけた。

祐介の舌がヌルリヌルリと千花の割れ目を滑り抜ける。

「あぁぁぁん……」

千花は完全に腰を下ろし、より敏感な部分が祐介の舌に当たるように調節しながら、あえぎ声をあげつづけた。

「ううん……んんん……」

祐介は夢でも見ているのだろうか、いつしか入念に割れ目の奥を舐めまわしはじめた。それは明らかにクンニの舐め方だ。

「あぁん、お兄さん……気持ちいい……もっと……もっと舐めてぇ」

千花は祐介に舐められている自分の股間をのぞき込みながら、ヒクヒクと腰を震わせつづけた。

祐介の舌の動きが、徐々にクリトリスに集中しはじめる。

舌先でくすぐるようにクリトリスを舐められると、強烈な快感が電流のように全身を駆け抜けた。

「あっはあああん……」

快感のあまり、足腰に力が入らない。

しゃがんだ体勢を取りつづけることもできなくなり、千花は完全に祐介の顔の上に座り込んでしまった。

「うぐぐ……」

祐介が苦しそうにうめいた。

「ああん、ごめんなさい、お兄さん……はあああん！」

祐介にあやまって腰を上げようとした千花だったが、すぐにまた強烈な快感に襲われて、身体の自由が利かなくなってしまった。

祐介がクリトリスに吸いついている。

そしてチューチューと音をさせながら吸い、舌を高速で動かして舐め転がし、さらには前歯で甘噛みしはじめる。

自分の股間をのぞき込むと、祐介は目を開けていた。

いつの間にか目を覚ましていたようだ。そして、泥酔しながらも祐介は、それが男の本能だとでも言うようにクンニをしてくれていた。

「うぐうぅ……ぐぐ……」

なにか言っているようだが、クリトリスを吸いながらなので、その声は不明瞭で聞き取れない。

だが、千花には通じた。「遠慮はいらないから、このままもっと気持ちよくなっちゃえ！」と言っているのだ。

そして祐介のクンニはさらに激しさを増してくる。

「あっ、ダメ……お……お兄さん……あああん、そ……それ、気持ちよすぎる。あああああん！」

強烈すぎる快感から逃れようとしたが、下から太股を抱えるように持たれて身動きが取れない。

もう完全に祐介の顔の上に座り込んだまま、千花は身体をよじりつづけた。

「あああん！　はあああん！　お兄さん、ダメぇ！　あああああ、もうイク……はああん、イクイクイク……イッちゃううう！　あっはああん！」

下腹部から脳天にかけて、身体の中を衝撃が駆け抜けた。頭の中が真っ白になり、千花はそのまま崩れ落ちた。

4

ハァハァと荒い呼吸を繰り返す千花の背後で声が聞こえた。

「千花ぽよちゃん、なにをやってるんだよ？　目が覚めたら僕の顔の上に座ってるから、びっくりしちゃったじゃないか」

振り返ると、祐介が身体を起こしてラグマットの上に座り込んでいた。

口のまわりがヌラヌラ光っている。それは千花の身体から溢れ出た、いやらしい液体だ。

恥ずかしさに身体がカッと熱くなった。

「ごめんなさい、お兄さん。だけど、あたし、どうしてもお兄さんと初体験がしたくて……」

「へえ～、そうなんだぁ……」

そう言うと祐介は千花の身体を視線で舐めまわす。目は覚めたものの、まだかなり酔っ払っているようだ。

「そうかぁ。そんなに初体験をしたいなら、してあげるよ。千花ぽよちゃんが他の変な男に引っかかるとよくないからね」

目がギラギラと光っている。まるで獣のようだ。酔っ払っているせいで、理性よりも性欲のほうが勝っているのだ。

股間のペニスは力強くそそり立ち、ピクピクと震えている。

祐介はそれを右手で握り締め、数回上下にしごいてみせる。そそり立つペニスは、まるで凶器のように見える。

千花はまだ未経験なのだ。その禍々《まがまが》しいまでに力強い肉柱を前にして、恐怖心が身体の芯から湧き上がってきた。

「ちょっと待って。お兄さん、あたし……」

「最初はみんな怖いもんなんだよ。僕に任せておきなよ」

勃起ペニスを揺らしながら、祐介が迫ってくる。

「……い……いや……お兄さん、やめて」

千花は立ち上がろうとしたが、顔面騎乗クンニでイカされたばかりで、足腰に力が入らない。

とっさに四つん這いで、扉のほうに逃げはじめたが、すぐに祐介につかまってしまう。

「千花ぽよちゃん、どこに行くのさ？　処女を卒業したいなら、勇気を出さなきゃダメだよ」

腰のあたりを両手でつかまれ、上から押さえつけられた。四つん這いで腰を反らせる体勢になった。

「おっ、すごいよ、千花ぽよちゃん。スカートが短いから、お尻の穴からオマ×コまで丸見えになっちゃってるよ」

「ああん、いや……見ないで、お兄さん……」

そう言いながらも、千花はお尻を突き上げたポーズを取りつづける。

それは絶頂の余韻で身体の自由が利かないからだけではなく、初体験への期待からだ。

怖さ半分、期待半分、という感じなのだ。

と、次の瞬間、硬い物が陰部に押しつけられた。

祐介が両手で腰を持ったまま、角度を調節しながら勃起ペニスの先端を陰部に押しつけてきたのだとわかった。

「うう……千花ぽよちゃんのオマ×コ、すごく狭いね。ああ、ぜんぜん入らないよ」

グイグイ押しつけてくるペニスが、ヌルンとアナルのほうへ滑り抜けてしまう。

「あっはあああん」

「もう一度だ。これでどうだ」

再び祐介がペニスの先端を押しつけてくるが、今度はクリトリスのほうへヌルンと滑り抜ける。

「あああん……お兄さん、あたし、もう逃げないから、ちゃんと入れてください。はあぁ……」

「そうか。わかったよ。ほら、これでどうだ」

祐介は腰から手を離し、反り返るペニスをつかんでその先端で膣口に狙いを定めた。

クプッと音がして、亀頭が埋まるのがわかった。

だが、それ以上は入っていかない。さっき騎乗位で試したときと同じだ。

「ダメだわ。お兄さん、やっぱり無理です」

「大丈夫だよ。僕に任せておけよ」

そう言うと祐介は亀頭を押しつけたまま、背後から覆い被さるようにして千花のお腹のほうから腕をまわして、クリトリスをヌルンと撫でた。

「はあああん!」

すでに一回イッたばかりの女体は恐ろしく敏感になっていた。クリトリスを撫でられただけで、頭の中が真っ白になるぐらい気持ちいい。

「ほら、もっと気持ちよくなっちゃえばいいよ。痛みより快感のほうが強烈になるぐらいにね」

祐介はクリトリスを指でヌルンヌルンとこねまわしながら、腰を押しつける力を強めたり弱めたり繰り返す。

「あああん! はあああん!」

クリトリスに受ける快感と膣壁を押しひろげられる痛みが混じり合って、千花に襲いかかる。

それでも千花は祐介を信じて四つん這いポーズを取りつづけた。

「ほら、もう四分の一ぐらい入ったよ」

「え? 本当ですか?」

千花がお尻を突き上げたまま後ろを振り返ると、メイド服のスカートがペロンとめくれて少し大きめのお尻が剝き出しになっていた。

角度的に見えないが、そこに祐介のペニスが突き刺さっているらしい。

祐介が手を離しても、もうペニスが頭を跳ね上げることはなかった。それぐらいしっかりと、千花の膣腔に埋まっているということだ。

その状態で祐介が腰を前後に動かすと、つながり合った場所がクプクプと鳴り、押し出された愛液が両膝のあいだにポタポタ滴り落ちた。

「あぁぁん……なんだか変な感じです。はあぁぁ……」

入口付近を擦られているだけなのに、奥のほうがムズムズする。そして、とんでもない渇望が込み上げてくるのだった。

「お兄さん、奥まで……もっと奥までください。はあぁぁん……」

「ううっ……わかってるよ。今、入れてあげるからね。だけど、これでも僕はかなり気持ちいいんだ。あああ……千花ぽよちゃんのオマ×コが吸いついてくるんだもん。ううう……」

祐介は低くうめきながら腰を前後に動かしつづける。そのストロークが少しずつ大きくなり、徐々に奥まで侵入してくる。

「あぁぁん……お兄さんのオチ×チンが入ってくるぅ……んんん……」

「痛くない？　大丈夫？」

「はい。平気です。ぜんぜん痛くないです。それどころか、すっごく気持ちいいです。あああん……」

「そうか。僕も気持ちいいよ。ううっ……入っていく……ああ、千花ぽよちゃんのオマ×コに、僕のペニスが入っていくよ。ううう……」

膣壁がメリメリと押しひろげられていく。

それは不思議な感覚だった。今まで誰にも犯されたことがない聖域を、祐介の硬くて大きなペニスが蹂躙していく。

「あああん、お兄さん、ダメぇ……変な感じですぅ……あああん」

「千花ぽよちゃん……ううう……力を抜いて。大きく息を吐いてみて」

「はあぁぁ……」

千花は言われたとおり、長く息を吐いた。そのとき、いきなりペニスが奥までヌルリと滑り込んだ。

「はっあああんっ！」

千花は頭を跳ね上げた。長い髪が馬のたてがみのように靡いた。

「入った……ああ、すごく気持ちいいよ。ああ、最高だ」

「はあぁん……うれしいです。あたし、処女を卒業したんですね。ああぁ……すごくうれしいです」

「僕もうれしいよ。千花ぽよちゃんみたいに可愛い女の子の初めての男になれたんだから。それにこのオマ×コ……。全体がグニグニ動いてて、すごく気持ちいいよ。あぁ……」

祐介が感動したように言うと、愛おしそうに両手で千花の双臀を撫でまわす。

その優しい刺激と、身体の奥深くでピクピクと痙攣する肉棒の存在感が混じり合い、千花を淫らに狂わせる。

「あああん、お兄さん、もっともっと気持ちよくなって。あたしのオマ×コで気持ちよくなってぇ」

「う……うん。じゃあ、いっしょに気持ちよくなろうな。ほら、これでどうだ？」

祐介はゆっくりとペニスを引き抜いていき、完全に抜けきる手前で止めて、また奥まで押し込んでくる。

そしてまた引き抜き、押し込み、引き抜き……という動きを何度も繰り返した。

ネットの動画で観たような激しい動きとは違ったが、そうやって膣の中を掻きまわされるのは想像を超えた快感だった。

きっと初めてペニスを挿入されたばかりの千花の身体を気遣い、祐介は一番最適な動かし方を選んでくれたのだろう。

そう思うと、肉体的な快感に精神的な快感がプラスされ、千花は悩ましいあえぎ声をもらしてしまうのだった。

「はあぁぁん……お兄さん……あああん……」

四つん這いになったまま、千花は拳を握り締めた。

快感は確かにあったが、巨大な異物が身体の中で暴れまわる違和感は、今まで経験したことがないものだった。

「千花ぽよちゃん、やっぱり少し苦しいんじゃない？ それならこうしたら、たぶん異物感なんかなくなるよ」

ペニスをゆっくりと抜き差ししながら、祐介は覆い被さるようにして手をまわし、さっきと同じようにクリトリスを指先で撫でまわしはじめた。

「はっあぁん……」

脳天まで一気に快感が駆け抜けた。

ペニスを奥まで挿入した状態で触られると、ただ単にクリトリスを触られたときの何倍もの強烈な快感が千花に襲いかかる。

「おおっ……気持ちいいんだね？　千花ぽよちゃんのオマ×コがきゅーってきつく締まるからわかるよ」

「あぁぁあん、そうなの、お兄さん。気持ちいいの。あぁあん、もっと……もっとしてください。はあぁぁん……」

「わかったよ。じゃあ、つづけるよ」

祐介はまたクリトリスをこねまわしながらペニスを抜き差ししはじめた。

もう処女喪失の痛みなどまったく感じない。それどころか、今までしていたオナニーとは比べものにならないレベルの快感に、気がつくと千花は涎を垂らしてしまっているのだった。

「こういうのはどうかな？」

祐介が言い、クリトリスを撫でまわす動きが不意に止まった。と思うと、今度は指先でつまもうとする。

だが、愛液にまみれた肉の尖りは、祐介の指のあいだをヌルン、ヌルンと滑り抜けてしまう。

そのたびに千花の身体には快感が走り、それに連動するように膣壁がきゅーっと収縮する。

その、きつく締めつける膣道にペニスを無理やり抜き差しするのは、祐介にとってもたまらない快感らしい。吐息が徐々に苦しげに変わっていく。

そして、遠慮がちだった祐介の腰の動きが、徐々に激しくなってきた。

大量に溢れ出た愛液の助けを借りてヌルリヌルリと滑り抜けるため、痛みなどもう微塵も感じない。

千花はセックスのよろこびに、悩ましい声を張り上げつづける。

「あああん！　お兄さん！　気持ちいい！　はあああん！」

声を出せば出すほど快感が強烈になるようだ。千花は酸欠を起こしそうになるぐらいあえぎつづけた。

祐介もそんな千花に呼応するように、苦しげな声で言う。

「ううう……千花ぽよちゃん……気持ちいいよ……うううっ……」

もうクリトリスをこねまわす余裕もないようで、祐介は身体を起こして両手で千花の尻肉をギュッとつかみ、激しく腰を打ちつけてくる。

祐介の下腹と千花のお尻がぶつかり合い、パンパンパン……と拍手のような音がリビングに響く。

「ああんっ……はっあああん……あああんっ……」

ズンズンと突き上げられるたびに、千花は髪を振り乱して獣のような声をあげた。

初めてなのにこんなに感じていいのだろうかと、千花は戸惑ってしまう。だがすぐに、そんなことも考えられなくなっていく。

身体の奥に、もやもやとした思いが大きくなってきた。それはまるで風船のようにふくらんでいく。

そして、あとほんのちょっとした刺激を加えられると、そのふくらんだものがいきなり爆発してしまいそうな恐怖に襲われた。

「あっ、ダメ、お兄さん……あああん……怖い……もうダメ。やめてください」

ラグマットの上で手をギュッと握り締め、四つん這いポーズのまま千花は祐介のほうを振り返った。

目と目が合う。

「ああっ……千花ぽよちゃん……ううっ……なんてエロい顔をしてるんだ。しかも、僕のペニスは本気汁で真っ白になってるし、千花ぽよちゃんのお尻の穴がさっきからずっとヒクヒクしているし……。あっうう……この眺め、いやらしすぎるよ」

興奮のあまり、祐介はもう自分の身体の動きをセーブすることもできないようだ。

尻肉をギュッときつくつかんだまま、力いっぱい腰を打ちつけてくる。

深く突き刺されたぬかるみの奥で、ときおりペニスがピクンピクンと痙攣するのが感じられる。

生まれて初めての感触だったが、射精のときが近いのだということが、千花にもはっきりとわかった。

「ああんっ……お兄さん、もうイキそうなんですね？　あああっ……」

「ううっ……だ、ダメだ、千花ぽよちゃん。ぼ……僕もう限界だよ」

「い……いいですよ。あああっ……いっぱい……いっぱい出してくださいぃ……ああん……あたしも……あたしももうイキそうです。はあああっ……」

「おおおおっ……で、出るううう！　あううう！」

苦しそうな声で言うと、祐介は勢いよくペニスを引き抜いた。ジュボッと下品な音がして、その瞬間、千花も絶頂にのぼりつめた。

「あああっ……い……イク～！」

頭の中が真っ白になり、突き上げたヒップがビクンビクンと痙攣する。そこに白濁液が大量に降りかかる。

精液の温かな感触を噛みしめながら、千花はぐったりとラグマットの上に身体を伸ばした。

「千花ぽよちゃん……最高のセックスだったよ」

苦しげな呼吸を繰り返しながら祐介が言った。絶頂の余韻に浸りながら、千花は朦朧とした意識の中でその声を聞いた。

5

「ただいま！　千花ぽよ、どうだった？」

東京に住んでいる元同級生に会うというのはもちろん嘘で、ひとりで映画を観て時間を潰していた明日美は部屋に戻るなり、千花に訊ねた。

「やっちゃった！」

布団に寝転んでスマホを弄っていた千花は、勢いよく飛び起きて言った。

「ウソ！」

「ほんと！　お兄さんはすごく上手だったわ。初めてだったのに、あたし、すぐに気持ちよくなっちゃったもん」

「おめでとう！」

明日美は千花をきつく抱きしめた。

「これで千花ぽよも処女から卒業したってことね。それにわたしたち、姉妹になったわけね」

「姉妹？」

身体を離して千花が不思議そうに訊ねると、明日美が得意げに説明する。

「そうよ。ひとりの男性を共有する女性たちのことを竿姉妹って言うんだって。ネットで見たの」

「……竿？」

「そうよ……肉竿」

見つめ合い、同時にふたりとも顔が真っ赤になった。

「いやだ～、明日美ちゃんたら。思い出しちゃったじゃないの」

「だけど、この東京居候生活は有意義だったね」

明日美の言葉はしんみりと響いた。

「そうね。最高だったわ。でも、その居候生活も明日で最後か……」

千花が寂しそうに目を伏せた。

人生の転機になるぐらいの、濃厚な一週間だった。この生活がずっとつづけばいいのにと思うのは、明日美も千花もいっしょだ。

でも、楽しい時間は、いつかは終わるものだ。

「明後日にはお姉ちゃんが帰ってくるからね。さすがに顔を合わせるのは気まずいから、その前には帰らないと」

「そうか……だけど最後にもう少し思い出を作りたいな」

「……思い出？　処女喪失だけじゃなくて？」

「うん。明日美ちゃんといっしょに思い出を作りたいの」

「わたしといっしょに？」

顔をのぞき込むと、千花はなにかイタズラを思いついたかのように、すごく楽しそうな顔をしているのだった。

第六章　六日目――ロリータハーレム

1

祐介は今日も朝からずっと部屋にこもってイラストを描いていた。

特に急ぎの仕事というわけではないのだが、明日美と千花に顔を合わせるのが気まずくて、仕事部屋に閉じこもっていたのだった。

昨日は酔っ払っていて、前後不覚状態だったとはいえ、千花の処女を奪ってしまった。

その前日には妻の妹である明日美の処女を奪っていたので、その友だちの千花には絶対に手を出さないと心に誓っていたのに、我ながら節操がなさすぎる。

毎日毎日、後悔してばかりだ。同じ失敗を何度も繰り返す自分が情けない。

明日美たちは今夜、好きなアイドルのライブがあるといっていた。そのために東京に遊びに来たのだ。

そのライブに行けば、明日には田舎に帰るはずだ。

あと一日だ。せめて、もうこれ以上、大人の男としての価値を下げないように、禁欲しようと心に決めていたのだった。

「ん？　なんだ？」

祐介は耳を澄ました。仕事中はたまに音楽をかけることもあるが、基本的には無音だ。今も音楽はかけていない。

そのせいで、バイクの音など、まわりの騒音がたまに聞こえてくることがあった。

だが、今のはそういった騒音とは違う。また聞こえた。なにかエロい気分にさせられる声……。

それは明らかにあえぎ声だ。

祐介は仕事部屋のドアを開けて耳を済ました。それは廊下の奥、子供部屋のほうから聞こえてくる。

「あいつら、ＡＶでも観てるのか？」

それならそれで放っておけばいい。中学二年生というのは男子も女子も性に対して興味津々な年頃なのだから。

そう思いながらも、やはり気になる。祐介の足はひとりでに子供部屋のほうへ向かっていた。

「ああ～ん、千花ぽよ～。ダメよ、そんなのぉ……」

「明日美ちゃんこそ。それは気持ちよすぎちゃうぅ……あああん……」

明日美と千花の声が聞こえる。しかも、明らかにふたりはなにか卑猥なことをしているようだ。

(いったいなにをやってるんだ?)

好奇心には勝てずに、祐介は音が鳴らないように気をつけてドアを少しだけ開け、部屋の中をのぞいた。

部屋の中央に布団が二組敷かれていて、その上に明日美と千花が向かい合って座っていた。

そしてふたりは身体をよじりながら、悩ましい声をあげているのだった。

そのふたりの股間部分に目を向けて、祐介は息を飲んだ。ふたりとも上半身はTシャツを着ているものの、下半身はパンティ一枚なのだ。

しかも、ふたりは相手の股間に手を伸ばし、なにかを押しつけている。

目を懲らして、それがなんなのか確認しようとした。明日美たちが手に持っている道具には見覚えがあった。

祐介は思わず声をもらしてしまった。

「えっ？　まさか！」

その声が聞こえたらしく、明日美と千花が同時にこちらを振り向いた。

目が合った。今さらごまかせない。それなら……。祐介はドアを勢いよく開けて叫んでいた。

「おい、それ、どうしたんだ？」

「これ？　千花ぽよが、そこのクローゼットの中に隠してあるのを見つけたの」

そう言って明日美は手に持っているものを祐介のほうに掲げてみせた。

それはローターだった。そして、千花も同じように手に持ったものを、まるでCMかなにかのように顔の横に掲げてにっこりを笑ってみせた。

「あたしのはバイブっていうやつですよね？」

勃起したペニスの形状のオモチャを持っている。

「中学生がそんなもので遊んじゃダメだよ！」

慌てて部屋に駆け込んで、ふたりの手から大人のオモチャを奪い取ると、段ボール箱の中に放り込んで、身体の後ろに隠した。

その箱の中には他にも数種類の大人のオモチャが入っていた。

「お兄ちゃん、お姉ちゃんにこんなの使ってるの？」

「違う！　使ってないよ！」

祐介は強く否定した。

「悪友たちが結婚祝いにくれたんだよ。『嫁さんに毎晩迫られて、体力の限界を感じたら使え』って言って。いちおう、あいつらの好意に応えようと思って、使おうとしたけど、麻由子がいやだって言ったから、結局、一回も使ったことなんかないよ」

そう。祐介は使ってみたい思いもあったが、麻由子に拒否されたために、結局一度も使うことなく段ボール箱に入れて、子供部屋のクローゼットにしまってあったのだった。

「え～！　そうなんだぁ。もったいないなあ。じゃあこれ、わたしと千花ぽよ相手に使ってみてよ」

「な、なにを言うんだ……」

あまりにも予想外な明日美の言葉に、祐介はうろたえた。そんな祐介に千花も言う。

「あたしも使ってみたいなぁ。ねえ、お兄さん、いいでしょ？」

性に対して一番好奇心旺盛な年頃だ。こんないやらしい道具を目にして、ふたりはもうテンションが上がりきっている。

「だ……ダメだよ、そんなの……ダメに決まってるじゃないか」

祐介は毅然とした態度で断ろうとした。ここ一週間、人としてどうかと思える行動ばかりとっていた。

妻の妹である女子中学生の処女を奪い、その翌日にはその子の同級生の処女を奪った……。

本当に最低だ。

もうそんなことは絶対にしないと心に誓っていたのに、少女たちに見つめられると、股間が力を漲らせはじめてしまうのだった。

「お兄ちゃん、わたしたちの願いを断ってもいいの？　知らないよ。わたしとエッチしたことをお姉ちゃんに言っちゃうわよ」

「やめてくれ！」

「あたしも言っちゃおうかな。お兄さんに処女を奪われたって」

「千花ぽよちゃんまで……」

ふたりにじっと見つめられると、もう断れない。それは弱みを握られているからだけではなかった。

すでに祐介の股間は痛いほどに勃起していた。脅されなくても、すぐに本能のままに襲いかかっていたことだろう。

大義名分を与えてもらえてうれしいくらいだ。

「でも……今日はライブに行くんじゃなかったのか？　そのために東京に出てきたんだろ。こんなことしてる時間はないだろ？」

祐介が訊ねると、明日美と千花は顔を見合わせて、その顔をゆっくりとこちらに向けた。申し訳なさそうな表情がふたつ並んでいる。

「ごめんね、お兄ちゃん。ほんとはチケットの抽選には外れちゃったの。だけど、お兄ちゃんに会いたくて、パパとママには嘘をついて出てきちゃった」

「じゃあ……」

「そうなんです。中二の夏休みに楽しい思い出を作りたくて……」

肩の力がすーっと抜けていく。

最初からふたりはそのつもりだったのだ。そして、祐介はまんまとふたりの計画に乗ってしまった……。

そのことに気づいた今、少しも腹は立たない。それどころか、こんな素晴らしい〝夏休み〟を経験させてもらえて、感謝の気持ちが湧き上がってくる。

そのお礼をしなくてはいけない。

「そうだったのか……それなら、これもいい思い出になるかもしれないな。使ってみるか？」

バイブとローターを手に持って訊ねると、明日美と千花はいっしょに力強くうなずいた。

「うん、やる！」

「はい、お願いします！」

2

明日美と千花は祐介の気が変わらないうちにと急いで服を脱ぎ捨て、すぐに一糸まとわぬ姿になった。

窓の外から差し込む自然光に照らされた若い女体は美しすぎる。

肌の張りがすごくて、瑞々しくて、ふくらみかけの明日美の乳房も、すでに巨乳の部類に入る千花の乳房も、ツルツルの明日美の陰部も、うっすらと陰毛が生えた千花の陰部も……すべてが魅力的で、すごくエロティックだ。

口の中に湧き出てくる唾液を、祐介はゴクンと喉を鳴らして飲み込んだ。

「あぁぁん、お兄ちゃんたら、喉を鳴らしちゃって……いやらしいぃ」

「はあぁぁ……本当にそうだわ。そんなに真剣に見られたら、恥ずかしくてすっごく濡れてきちゃいますよ」

明日美と千花は乳房を隠すように両腕で自分の身体を抱きしめながら、内腿を閉じてモジモジしてみせた。

その恥じらいの様子がたまらない。

「じゃあ、これを使ってあげるから、布団の上に座って」

祐介は下心が滲み出ないように、事務的な口調で言った。

だが、ハーフパンツの股間が大きくふくらんでいて、興奮しているのは丸わかりだ。

それでも明日美と千花はそのことを指摘しようとはせずに、素直に布団の上に腰を下ろし、体育座りをしてみせた。

祐介は段ボール箱の中からツインローターを取り出して、少女たちの正面に座った。

コントローラーから二本のコードが伸び、そのそれぞれにローターがついている大人のオモチャだ。

ひとつは丸くて、ひとつは少し長めの形をしている。それは本来はクリトリスと膣を同時に責めるためもののらしい。

「まずはこれで気持ちよくしてあげるよ。さあ、ふたりとも股を開いてごらん」

「ああ～ん、やっぱり恥ずかしいかも」

「明日美ちゃんがいっしょだと、よけいに恥ずかしいわ」

そう言いながらも、ふたりは体育座りをしたまま脚を左右に開いていく。それは充分にいやらしい眺めだったが、角度的にオモチャは使いにくい。

「そのまま仰向けになって、両膝を抱《かか》えてみようか」

「ええ～。それは恥ずかしすぎるよ～」

「じゃあ、やめるか？　君たちはさっき下着の上から当ててよろこんでただろ？　そんなんじゃダメなんだ。これは直接、ピンポイントで敏感な場所に当てないと、本来の効果は期待できないんだよ」

もっともらしいことを言ってやると、明日美と千花は納得したらしかった。

「わかりました。ね、明日美ちゃん、お兄さんの言うとおりにしよ」

「そうね。経験豊富な大人だもんね。じゃあ、お兄ちゃん、気持ちよくしてね」

ふたりは布団の上に仰向けになり、両膝を抱え込んだ。すぐ横に並んでいるために、明日美の左脚と千花の右脚が交差する。

「ううっ……」

女子中学生の陰部がすぐ横にふたつ並んでいる様子は刺激的すぎる。恥ずかしそうに顔を背けているのもたまらない。

ひとつ深呼吸してから祐介は言った。

「じゃあ、スイッチを入れるよ」

ふたつのローターがブ〜ンと低く唸りはじめた。左手で明日美のクリトリスを、右手で千花のクリトリスを同時に刺激する。

「あっはあああん！」

「はっひぃぃん！」

明日美と千花が悩ましい声を張り上げて身悶えした。それでもふたりとも律儀に両膝を抱え込んだままだ。

そうとう力が入っているのだろう、太股に指が食い込んでそのまわりが白くなってしまっている。

「どうだい？　これは気持ちいいだろ？」

すぐにふたりともクリトリスがパンパンにふくらみ、包皮を押しのけるようにして姿を現した。

そこを的確にローターで責めてやると、ふたりは面白いほどに感じまくる。

「いやっ……も……もういい……お兄ちゃん……あああああん……」

「だ……ダメです。はあああん……気持ちよすぎて……おかしくなっちゃいそうです」

ふたりはそれでも両膝を抱え込んだままだ。その素直なところが中学生の魅力だった。愛しくてたまらない。

そして祐介は、そんなふたりをもっと気持ちよくしてやりたいと思ってしまうのだった。

「ほら、いいんだろ？　気持ちいいなら、我慢しないでイケばいいんだよ。エッチな声をいっぱい出して、感じまくるんだ。そのほうが自分も気持ちよくなれるし、僕だってうれしいんだからね」

「そ……そうなの？　あああん！　気持ちいい！　あああん！　最高よ、お兄ちゃん。あああああん！」

素直な明日美は祐介にアドバイスされたとおり、大声であえぎながら身体をのたうたせた。

祐介はそんな可愛い妹のクリトリスを的確に刺激しつづけてやる。

もちろん、その妹の友だちである千花のクリトリスも、分け隔てすることなく入念にローターで責めつづけた。

「はあああっ……お兄さん……あああああん！　も……もうイキそうです。はああ……」

「いいよ。千花ぽよちゃん、我慢しないでもうイッちゃえ。そら、これでどうだ？」

「わたしも……わたしもイキそうよ、お兄ちゃん！　ああん！」

「いいよ。明日美ちゃんもいっしょにイッちゃっえ。そら！　そら！」

「あああん！　お兄さん、イク、イク、イク〜。はっあああああん！」

「はああん！　お兄ちゃん、イク〜！　イク〜！　イク〜！　あっはああん！」

明日美と千花は同時に絶叫し、身体をビクン！　と激しく痙攣させせた。そして、ふたりは同じように、ぐったりと四肢を伸ばした。

3

汗が浮いた女体を溶けたチーズのようにだらしなく伸ばして、明日美と千花はハァハァと苦しげな呼吸を繰り返している。

そんな少女たちを見下ろして、祐介はそのいやらしさにため息をついた。

「はあぁ……すごくエッチだったよ。たまらないよ……うぅっ……」

祐介の下腹部に痛みが走った。

狭い空間で勃起してしまったペニスが、こんな窮屈な場所から早く解放してくれと騒いでいるのだ。

その衝動に従い、祐介はTシャツとハーフパンツ、そしてボクサーパンツをすべて脱ぎ捨てて全裸になった。

「はあぁん……お兄ちゃん……す……すごい……」

「あぁぁ、お兄さんのオチ×チン、なんて元気なのかしら。はあぁ……」

ふたりの女子中学生が、あきれたように吐息をもらした。

今すぐにでも襲いかかりたい。だが、祐介はそうしなかった。

段ボール箱の中には、まだ使ったことがない道具が入っていた。

麻由子は絶対に使わせてくれない道具だ。できることなら、この可愛い少女たちにもう少し使ってみたい。

「せっかくだから、これも試してみるか？」

祐介が両手に道具を持って問いかけると、それまでぐったりと横たわっていた明日美と千花は、興味津々といった表情を向けてくる。

「お兄さん、それ、なんですか？　なんだか細長いけど、どうやって使うんですか？」

千花は祐介が右手に持った道具に関心を示した。

「これはアナルバイブだよ」

「……アナル？」

「そう。千花ぽよちゃんはこれに興味があるみたいだね。じゃあ、これは千花ぽよちゃんに使ってあげるよ」

「じゃあ、わたしはそっちのがいい」

「うん、明日美ちゃんはこれね。え〜っと、ペロペロクンニローターって書いてあるね」

クリサックのような形状で、中に舌のようなものがついていて、それがペロペロと動くらしい。

「よくわからないけど、とりあえず使ってみよう。さあ、まずは千花ぽよちゃんだ」

「え〜っ。本当にお尻の穴に入れるんですか？　ちょっと怖いですぅ」

「大丈夫だよ。ちゃんとローションも使ってあげるし。ほら、お尻を突き上げて」

千花は不安そうにしながらも、四つん這いになってお尻を突き上げた。千花は胸も大きいがお尻もかなりのボリュームだ。

それにキュッとすぼまったアナルは清純そのもので、そこをいじめてやりたい気持ちが湧き上がる。

アナルにローションを垂らすと、千花が悩ましい声をもらして、お尻を左右にくねらせた。

「ほら、じっとしてて。そうじゃないと入らないよ」

「あぁぁあん、お兄さん、やっぱりこれ、恥ずかしいぃ。んんんっ……」

ごちゃごちゃ言う千花を無視して肛門にアナルバイブを押しつけると、ローションの助けもあって、なんの抵抗もなくヌルリとかなり深く突き刺さった。

「あっあああんんんん……」

千花が苦しげな声をもらしながら、アナルバイブの突き刺さったお尻をクネクネさせた。

「す……すごいわ。千花ぽよ、ものすごくエッチな眺めよ」

「いやっ……明日美ちゃん、見ないでぇ」

「いいから、いいから。明日美ちゃんのことは気にしないで、千花ぽよちゃんはお尻の穴で気持ちよくなっちゃえ」

祐介はアナルバイブの取っ手部分についているスイッチをオンにした。

ブ〜ンと低いモーター音が響き、千花が突き上げたヒップをヒクヒク震わせた。

「いやぁ……なんか変な感じ……あああん……お兄さん、やっぱり抜いてください。あああん、いや……」

手を離しても、アナルバイブはしっかりと突き刺さったままだ。

その眺めは確かにいやらしすぎて、祐介のペニスがピクピクと武者震いしてしまうほどだった。

「じゃあ、明日美ちゃんにはこっちだ。さあ、仰向けになって股を開いて」

悩ましい声を張り上げている千花をそのままにして、祐介は明日美に向き直った。

「こう？　これでいい？」

明日美は待ってましたとばかりに、またさっきと同じように両膝を抱え込んだ。ローター責めでエクスタシーにのぼりつめたばかりのクリトリスは、破裂しそうなほどふくらみ、真っ赤に充血している。

「じゃあ、つけるよ」

ペロペロクンニローターはクリトリスをすっぽりと包み込み、吸盤のように吸いつく。それだけでも、奇妙な快感が明日美の身体を襲うようだ。

「あん、いや……お兄ちゃん、これ気持ちいい。はあぁん……」

「まだ着けただけだから。本番はこれからだよ」

本体についているスイッチをオンにすると、明日美がいきなり身体をのたうたせた。クリトリスを包み込むようになっている部分に舌のようなものがついていて、それはペロペロと動く仕組になっているのだ。

「ああん、いや……お兄ちゃん、これ……これダメだよ。あああん、気持ちよすぎちゃう〜」

明日美はもう両膝を抱えていることもできなくなり、小ぶりな乳房を揉みしだきながら身体をのたうたせ、さらにはブリッジするようにして股間を突き上げた。

そのクリトリスにはしっかりとペロペロクンニローターが吸いついている。少々暴れても取れないようだ。

「すごいよ、明日美ちゃん……ああ、なんてエロいんだ。たまらないよ。それに千花ぽよちゃんも。まるで犬がよろこんで尻尾を振ってるみたいだ」

快感にのたうつ女子中学生ふたりを見ながら、祐介は猛烈に興奮していく。

ピクンピクンとペニスが脈打つ。

それを何気なく握り締めると、強烈な快感が身体を駆け抜けた。興奮のあまり、すでに祐介の身体もかなり敏感になっていた。

「もう……もう入れたくてたまらないよ」

四つん這いで突き上げた千花の陰部も、クリトリスを責められている明日美の陰部も、もう愛液にまみれて、ヒクヒクうごめいている。

ふたりとも今日はまだその部分はまったく愛撫されていないのだから、その渇望はかなりのものだろう。

「さあ、ふたりとも、そのオモチャでイッたら、僕のこのペニスを味わわせてあげるよ。だから、思いっきりいやらしくイッちゃえよ」

「ああああん、お兄ちゃん、お兄ちゃん……んんん……」

「はあぁぁぁん、お兄さん……ああああん……」

ふたりは悶え狂いながら祐介の股間に視線を向けてくる。

太い血管が浮き出た勃起ペニス。真っ赤に充血して、その先端からすでに先走りの汁を滲ませている。

そんなペニスのいやらしさに少女たちは興奮し、さらに肉体の感度が一気に上がってしまうようだ。

「あっ、ダメ、お兄ちゃん、イクイクイク……あああああん、イッちゃううううう！」

「あああん、いやっ……お尻で……お尻でイッちゃう。はあああん、恥ずかしいぃ……あああん！」

ふたりは同時に絶叫し、ビクン！　と腰を激しく痙攣させた。

その拍子に明日美のクリトリスからペロペロクンニローターが宙に舞い、千花がぎゅーっと全身に力を込めた拍子にアナルバイブが放屁《ほうひ》のような音とともに勢いよく飛び出した。

4

本日二度目のエクスタシーに達した女子中学生たちは、二枚並べて敷かれた布団の上にぐったりと横たわっていた。

そのすぐ横にはふたつの道具が、まだモーター音を響かせている。

それを手に取り、スイッチを切ると、祐介は段ボール箱の中に放り込んだ。

箱の中には、まだ使っていない大人のオモチャがいくつか入っていたが、今はそんなものは必要ない。

祐介の股間ではペニスが隆々とそそり立ち、出番を待っているのだ。

「あ〜っ、気持ちよかった。でも、やっぱりお兄ちゃんのオチ×チンのほうがいいな」

明日美が火照った顔を向けて、そんなことを言う。

「あたしもぉ。アナルバイブは気持ちよくてびっくりしたけど、こっちの開拓はもっと大人になってからでいいかも。今はまだノーマルセックスの感度を磨きたいわ。ねえ、お兄さん、いいでしょ？」

千花がすがるような顔を向けてくる。

そしてふたりは、のっそりと身体を起こし、四つん這いで祐介のほうに近づいてくる。まるで獲物を狙うチーターのようだ。

少女たちがなにをしようとしているのか感じ取ったペニスが、ピクンピクンと小刻みに痙攣した。

祐介はふたりが舐めやすいようにと膝立ちになってやった。勃起ペニスがまっすぐ天井を向いてそそり立つ。

明日美と千花は左右からペニスに顔を近づけると、その根元から先端にかけて、ペロリと舐めてみせた。

鋼《はがね》のように硬くなった肉棒がビクン！　と脈動した。

「ううっ……気持ちいいよ。ううう……」

苦しげに声をもらす祐介の反応を面白がるように、明日美と千花は左右からカリクビのあたりをチロチロとくすぐるように舐めつづける。

下腹部がジンジン痺れるような快感が、祐介の意識を呑み込んでいった。

「そ……それ、すごくいいよ……」

祐介は膝立ちで股間を突き出したポーズで、ふたりの美少女の舌愛撫に身を任せた。

肉体的な快感もすごかったが、それ以上に、可愛らしい女子中学生ふたりが全裸で、自分のペニスをおいしそうに舐めまわしている様子に祐介は興奮してしまう。

「はぁぁん……お兄ちゃん、すごく気持ちよさそうな顔をしてるわ」

明日美が勃起ペニスを舐めながら、上目遣いに見上げて言う。

「ほんとね。でも、なんだかうれしいです。お兄さんがよろこんでくれて。相手が気持ちよくなるのを見てうれしいって思う気持ちが、セックスの本当の醍醐味なんでしょうね」

うっとりとした表情でペニスを舐めながらそう言うと、千花は亀頭をパクッと口に含んだ。

温かな口腔粘膜でねっとりと締めつけながら、首を前後に動かす。

千花のフェラチオは昨日よりもずいぶん上達していた。それだけ性的なことに興味津々《しんしん》だということだろう。

女子中学生の性欲の強さにはあきれてしまう。

だが、ペニスが好きで好きでたまらないといったしゃぶり方はいやらしすぎて、祐介も猛烈に興奮していく。

「ううう……千花ぽよちゃん……んん……気持ちいいよ。あああっ……」

祐介は思わず身悶えしてしまう。

「千花ぽよったら、自分ばっかりずるい～」

亀頭を先に奪われた明日美は、それならといきなり陰嚢を舐めはじめた。

「はっ……明日美ちゃん、そ……それは……うううっ……」

「こういうのも気持ちいいんでしょ？　動画で観たことがあるの。お兄ちゃんにしてあげようって、ずっと思ってたんだぁ」

うれしそうに言い、明日美は舌で睾丸を転がすように舐めまわしたかと思うと、今度はいきなりそれを口に含んでみせた。

「はうっ……」

思わず変な声が出てしまった。

もうすぐ三十歳になる祐介だったが、今まで睾丸責めなど一度もされたことはなかった。

まさかそれを中学生の妹にされることになるとは思いもしなかった。

しかも、亀頭はその妹の友だちである女子中学生にしゃぶられているのだ。いやらしすぎる状況だ。

「ううっ……明日美ちゃん……千花ぽよちゃん……さ、最高だよ。ああっ……」

祐介は頭の中が真っ白になってしまうほど興奮してしまう。

少女たちは競い合うようにペニスを舐めしゃぶるだけではなく、お互いに仲よくシェアすることを忘れない。

「ぷふぁぁ……」

口の中を完全に塞いでしまうほど巨大な亀頭を吐き出すと、千花はまるで水中から顔を出した人のように大きく息を吸い込んだ。

そして、陰嚢をしゃぶっている仲よしの同級生に言った。

「明日美ちゃんも、こっちをしゃぶっていいよ」

「千花ぽよ、ありがとう～」

まったく遠慮することなく、明日美が亀頭から一気にペニスを口の中に呑み込んでしまった。

「はうっ……明日美ちゃん……んんん……」

気持ちよくて、祐介は思わず拳を握り締めた。

「うぐぐっ……ぐぐぐっ……」

さっきまでの千花のフェラチオに対抗するかのように、明日美は口腔粘膜できつく締めつけながら、首を激しく上下に動かす。

まるでロックバンドのライブで熱狂している観客のような動きだ。

「明日美ちゃん、すごく気持ちいいよ！」

「じゃあ、お兄さん、あたしはこっちを気持ちよくしてあげますね」

今度は千花が陰嚢に食らいつく。

さっき明日美がしていたのの見様見真似で、睾丸を口に含み、舌で転がすように舐めはじめた。

腰が抜けてしまいそうなぐらいの強烈な快感に、祐介は悲鳴をあげた。

「ああ！　千花ぽよちゃん……うう……すごく上手だよ。たまらないよぉ……」

祐介のその声に反応したのは明日美だった。千花に負けるもんかと、さらに強烈な吸引力で肉棒を吸いながら首を激しく動かす。

「あ……明日美ちゃんもすごく上手だよ。ううう……あああ、もうやばいよ。ああ、もう……もうやめてくれ！　ううう！」

いやらしすぎる状況と、ペニスと睾丸に受ける快感の強烈さに、もうこれ以上我慢することはできない。

祐介はふたりの口腔愛撫を振り切るように腰を引いていた。

「あぁぁん、お兄ちゃん、どうして邪魔するの？」

「お兄さんをもっと気持ちよくしてあげたいのにぃ」

不満げに抗議する明日美と千花に、唾液に濡れたペニスをピクピク痙攣させながら祐介は言った。

「もう入れたくなっちゃったんだ」

少女たちの目が淫靡に輝いた。

「いいわ。お兄ちゃん、入れて！」

「あたしもぉ。お兄さん、入れてください！」

ふたりは布団の上に仰向けになり、競い合うようにして大きく股を開いてみせた。

「うっ……」

ふたつのとろけた陰部を目の前にして、祐介は混乱した。どちらから入れればいいのか……？

だが、そんな祐介の迷いを感じ取った千花が言う。

「いいですよ、先に明日美ちゃんへ。そうやって迷ってる時間がもったいないから」

「うん。わかったよ。じゃあ、まずは明日美だ」

大人な千花に感謝しながら、祐介は大きく開かれた明日美の股間に身体をねじ込んだ。

パンパンにふくらんだ亀頭を明日美のぬかるみに押しつけると、なんの抵抗もなくヌルリと滑り込んだ。

「あっはあああん！」

明日美が身体を仰け反らせ、次の瞬間、ねっとりと膣壁が締めつけてくる。

すでにさんざん舐めしゃぶられたペニスに、その熱い膣壁の感触はたまらなく気持ちいい。

「ううう……明日美ちゃんのオマ×コ、すごく気持ちいいよ。うう……」

しっかりと根元まで挿入してしまうと、祐介はゆっくりとペニスを引き抜いていき、完全に抜けきる手前でまた根元まで挿入し、そしてまた引き抜いていき、という動きを徐々に速くしていった。

「あああん、お兄ちゃん！　あああん！　気持ちいい！」

ズンズンと突き上げながらも、その横で両膝を抱え込んで物欲しそうな目を向けてくる千花の姿が気になって仕方ない。

陰部が突き出され、肉びらがひとりでにはがれて左右に広がっている。

そして、剝き出しになった膣腔がヒクヒクうごめきながら祐介の挿入を催促しているのだ。

「今度は千花ぽよちゃんだ！」

ジュボッと音を鳴らしてペニスを引き抜き、明日美の愛液にまみれたそれを千花のぬかるみに突き刺した。

「あっはあああん！」

祐介の肉棒を待ちわびていた千花の膣壁は、強烈な締まりのよさで歓迎してくれた。狭隘《きょうあい》な肉路を数回行き来する。それはたまらない快感だ。祐介は思わず大声を出してしまう。

「ううう！　千花ぽよちゃんのオマ×コ、締まりがよくて最高だよ！　あううう！」

「お兄ちゃん、今度はわたしもぉ！　わたしもいっぱい締めてあげるから」

明日美が催促するように膣口をひくつかせる。

「うん、わかったよ、明日美ちゃん。今、入れてあげるからね」

千花の蜜壺からペニスを引き抜き、濃厚な愛液にまみれたそれを、すぐに明日美の膣に突き刺した。

「あああん！　お兄ちゃん、大好き～！」

明日美が渾身の力を込めて膣壁を収縮させる。

「ううぅっ……き……きついよ、明日美ちゃん……うううっ……」

数回膣奥を突き上げると、祐介はまたすぐに千花の蜜壺へと移動した。といっても一、二秒はかかってしまう。その時間がもどかしい。

「そうだ。お兄ちゃん、こういうのはどう？」

祐介の心の中を読んだかのように明日美が言い、身体を起こした。

「ちょっとどいて」

千花のぬかるみにペニスを挿入した状態だった祐介を、明日美が押しのける。

「はあああん！」

千花が悩ましい声をあげるのと同時に、ヌルンとペニスが抜け出て、愛液を撒き散らしながら頭を跳ね上げた。

愛液にまみれたペニスはまっすぐ天井を向いてピクピクと痙攣している。

「す……すごい……ほんと、怖くなっちゃうぐらい元気ね」

まぶしそうに目を細めて言うと、明日美は千花に覆い被さっていく。そして、正常位のような体勢で千花に口づけをしはじめた。

「あ……明日美ちゃん、なにしてるんだよ？」

「こうしたら、お兄ちゃんも移動しやすいでしょ」

顔だけをこちら向けて、唾液に濡れた唇をペロリと舐めながら明日美が言う。ようやく明日美がなにを考えているのかわかった。

明日美も千花も、ガニ股気味に脚を開いているため、ふたりの足元から見ると、縦にふたつの蜜壺が並んでいるのだった。

その距離は十センチほどだ。

しかも、そのふたつの膣口の両方ともが、粘液にまみれ、ヌラヌラ光りながら、口を開いたり閉じたりして祐介を誘惑しているのだった。

「千花ぽよ〜、こういうのも興奮するね」

「あぁん、明日美ちゃん、ほんとにそうね。はあぁぁん」

明日美と千花はしっかりと抱き合い、舌を絡めるディープキスを交わしはじめた。ピチャピチャと唾液が鳴り、徐々にふたりのキスが熱を帯びていく。

「うう……明日美ちゃん、千花ぽよちゃん、今からふたりまとめて気持ちよくしてあげるからね」

祐介は少女たちに襲いかかった。

まずは、千花の上に乗っている明日美の腰のくびれをつかみながら、その下で仰向けで大きく股を開いた千花のぬかるみにペニスの先端を押しつけた。

次の瞬間、まるで誘い込まれるようにペニスがヌルリと埋まり、千花の膣壁がねっとりと祐介を包み込んだ。

「はぁぁぁんぐぐ……」

千花のあえぎ声が、途中からくぐもった呻《うめ》き声に変わった。それは明日美が千花の唇を自分の唇で塞いだからだ。

祐介は明日美の腰のくびれをつかんだまま、ペニスを抜き差ししはじめた。祐介の身体と明日美のプリッとした尻肉がぶつかり合い、パンパンパン……とリズミカルな音が鳴る。

そのくせ肉竿は千花のぬかるみに埋まっているのだ。その卑猥すぎる状況を思うと、快感が何倍にもなるようだ。

「はぐうう……うっぐぐ……」

ペニスで膣奥を突き上げられながら、友だちにディープキスで舌を絡められている千花が、官能の呻き声をあげる。

その声を聞きながら数回激しく子宮口を突き上げると、祐介はジュボッとペニスを引き抜き、今度はそのすぐ上で涎を垂らしている明日美の膣口に突き刺した。

「あっはあああん！」

ショートカットの髪を靡かせて身体を仰け反らせ、明日美が官能の叫声を張り上げた。

気持ちいいのか、アナルがヒクヒクとうごめく。

「ああん、明日美ちゃん、いやらしい顔よ。あたしまですっごく感じちゃうぅ……」

千花が潤んだ瞳で下から明日美の顔を見つめ、吐息をもらした。

「ふたりとも最高だよ。まさかこんなことになるなんて、一週間前はぜんぜん想像もしなかったよ。あうううう……」

祐介は明日美の尻肉を両手でわしづかみにしながら、ペニスを突き上げつづけた。

「はあああん……お兄さん、あたしにもぉ……」

明日美の肩越しに千花が火照った顔で懇願する。

「わかってるよ。ほら、これでどうだ？」

明日美の蜜壷から引き抜いたペニスを、すかさず千花の蜜壷に突き刺す。

「あっはあああん……」

ねっとりと締めつける膣肉はふたりとも同じぐらい気持ちいいが、ペニスに受ける感触は微妙に違う。そのことがよけいに祐介を興奮させる。

「うう……千花ぽよちゃん……んんん……」

「ああん、千花ぽよ……あああぁん……わたし、最高に幸せよ。はあああん……」

明日美が千花にまたキスをし、ピチャピチャと音を鳴らしながら舌を絡める。

「ああっ……なんていやらしいんだ。ぼ……僕も最高だよ。ううう……」

そんなことを口走りながら、祐介はふたりの蜜壷を行き来しつづけた。

その間隔は、始めのうちは五回ずつぐらいだったのが、徐々に回数を減らしていき、ついには一回突き上げるごとにふたりの蜜壷を行き来するようになっていった。

「はああんっ……、お兄ちゃん……あああんっ、すごい……セックスって、こんなにいいものなのね。あああああん、最高よぉ……あああん」

明日美は身体をひねってこちらを振り返り、感じている顔を見せつけるようにしながら言う。

「ほんとにそうね。はああんっ……いっしょに東京まで来てよかった。あああんっ……お兄さん、好き。ああああんっ……お兄さん、大好き……はあああんっ……」

「わたしもよ。あああんっ……お兄ちゃん、大好き！　ああん、お兄ちゃんのオチ×チン、気持ちいい！」

そう言うと明日美はまた千花のほうを向いて、ディープキスを交わしはじめる。

ふたつの膣穴を行き来する祐介のペニスは、女子中学生たちの濃厚な愛液で真っ白に彩られてしまっていた。

その濃厚さは、少女たちがそれだけ本気で感じているという証《あかし》だ。そして、祐介も同じように本気で感じてしまっていた。

「気持ちいいよぉ……ううっ……も……もうそろそろ限界だ。うううっ……」

射精の予感が身体の奥から、噴火直前のマグマのように突き上げてくる。

「あぁぁん、お兄ちゃん、いいよ、我慢しないでイッていいよ。はあぁん……」

明日美がまた顔だけこちらに向けて言う。

可愛らしい顔が官能に歪《ゆが》み、汗で額に髪が貼りつき、目が熱く潤んでいる。中学生とは思えない、いやらしすぎる表情だ。

「そうよ。お兄さん、いっぱいイッちゃってください。あああぁん……」

千花が明日美の肩越しに祐介を見つめながら言う。唇が生々しく光り、顔が風呂上がりのように火照っている。

そして、ふたりの身体から立ち昇る牝の匂いを肺いっぱいに吸い込んで、祐介の腰の動きはさらに激しくなっていく。

このままだとすぐに射精してしまうと思っても、もう自分の身体の動きをセーブすることができない。

「ううう……もう……もうイキそうだよ。あああ！」

悲鳴のような声をあげながら、祐介はふたりの蜜壷を行き来しつづけた。

そんな祐介のペニスを、少女たちの膣壁がきつく締めつける。ふたりも絶頂の瞬間が近いのだろう。膣道が徐々に狭まってくる。

「あああん、わたしも……わたしもイキそう。あああん、お兄ちゃん、いっしょに……いっしょにイコうよ。はあああん！」

「あたしも……あたしもうイキそうです。あああん、お兄さん、明日美ちゃん……いっしょに……三人でいっしょにイキましょ！　あああん！」

「い……いいよ、千花ぽよ～。いっしょに……いっしょにイコ。あああん、お兄ちゃん～」

そんなふたりの声を聞きながら、祐介はワンストロークごとにふたつの蜜壺を、ジュポ、ジュポと行き来しつづける。

「ううっ……イクよ……もうイクよ。あああ！　も……もう出る……」

「あああん！　お兄ちゃん、イク～！　イク～！　イッちゃう～！　あああん！」

「はっあああん！　イクイクイク～。お兄さん、イッちゃううう！　あっはあああん！」

明日美と千花が同時に身体を硬直させた。ふたつの膣穴が競い合うようにきゅーっと狭まる。

その狭隘な肉道に無理やりペニスを突き刺し、引き抜き、また突き刺し……と移動しつづけ、祐介はついに限界を迎えた。

「ああ、出る、出る、出る……ううううっ……出る！　あっうううう！」

祐介がペニスを引き抜いて身体を起こすと、半分失神状態の明日美がごろんと仰向けになった。

そして明日美と千花の顔がすぐ近くに並ぶ。祐介はそこに向かって精液の雨を降らせた。

ドピュン！　ドピュン！　と断続的に噴き出す白濁液が、少女たちの可愛らしい顔をねっとりと汚していく。

その眺めに興奮し、さらに射精は延々とつづいた。

「ああ！　明日美ちゃん！　千花ぽよちゃん！　すごい！　すごくエロいよ！　ううう！」

ようやく射精が収まると、祐介は顔を精液まみれにした明日美と千花を見下ろしながら、満足げな息を吐いた。

「はあああぁ……最高に気持ちよかったよ」

「あああぁん……お兄ちゃん……すっごいいっぱい出たね。それだけ気持ちよかったんだね」

「はあぁ……この匂い……ああん、クラクラしちゃいます。はあぁ……」

ふたりは気怠《けだる》そうに身体を起こし、祐介の股間に顔を近づけてきた。そして左右からペロペロとペニスを舐めはじめる。

大量に射精して、芯を抜かれたように頭《こうべ》を垂れかけていたペニスがムクムクと力を漲らせていき、すぐにまた天井を向いてそそり立った。

「はぁん……すごい……お兄ちゃんの性欲って底なしね」

「うっふぅぅん……お兄さん……惚れぼれしちゃいます。んんん……」

明日美と千花は精液で汚れたうっとり顔で、ペニスを左右から舐めつづけている。

そして交互に先端を口に含み、管に残った精液をチュパチュパと音を鳴らして吸い出そうとするのだった。

「あっ、ダメだよ、そんなことをしたら……ううっ……」

「なにがダメなの？」

「またしたくなっちゃったんですか？」

精液まみれの顔を祐介に向けながら、明日美と千花が訊ねる。

「うっ……それは……」

祐介が困惑の表情を浮かべると、少女たちはまるで挑発するように、お互いの顔についた精液をペロペロと舐め合い、やがてディープキスを始めた。

ふたりの美少女のディープキスを間近で見せつけられ、祐介の肉棒は下腹に張りつきそうなほど反り返ってしまう。

「あ……明日美ちゃん……千花ぽよちゃん……あああ、なんていやらしいんだろう。卑猥すぎるよ。ああ、もう一回しよ。いいだろ？」

「いいわ。お兄ちゃん、きて」

「お兄さん、もっといっぱい気持ちよくしてください」

「よし、わかった。まだまだたっぷり気持ちよくしてあげるよ」

祐介はふたりに襲いかかり、その若く瑞々しい肉体をまた貪《むさぼ》りはじめた。

エピローグ

「なんだか寂しくなるな」

新幹線のホームで明日美と千花を前にして、祐介の声は力なく響いた。

一週間前、ふたりを迎えるまでの生活はそれなりに充実しているように思っていた。だが、少女たちとの生活を経験した今、またあの生活に戻るのだと思うと、なんだか味気ない。

それぐらい濃厚な一週間だった。

「お兄ちゃん、お世話になりました。こんなうるさいのがふたりもいて、いろいろ大変だったでしょ？　今夜はゆっくり休んでね」

そう言う明日美の声も、いつもの元気さはない。いちおう、笑顔を浮かべているが、今にも泣き出しそうに目がうるうるしている。

「一週間、どうもありがとうございました。とっても有意義な夏休みでした。お兄さんと会えて、よかったです」

千花も目を赤くしている。

別れは悲しいが、このふたりにはそういうしんみりしたのは似合わない。

「それにしても、明日美ちゃんと千花ぽよちゃんの身体は最高だったな。特に三人でしたエッチは、今までしたエッチの中で一番興奮したよ。思い出しただけであそこが硬く……うっ……」

祐介は低くうめいて、腰を引いた。

明日美と千花の視線が祐介の股間に向けられる。

「いやだぁ、お兄ちゃん、エロすぎ〜」

「ほんと、男ってしょうがない生き物ですね」

明日美と千花が恥ずかしそうに顔を赤らめながら笑った。

(そう。その笑顔だよ。僕はその笑顔にやられちゃったんだ。だからあんな罪を犯してしまった……。でも、ぜんぜん後悔してないよ。それぐらい君たちは魅力的なんだから)

ホームに流れるアナウンスが、新幹線の発車時間が近いことを告げた。

「じゃあ、わたしたち、もう行かなきゃ」

「お世話になりました」

明日美と千花が新幹線に乗り込む。

「またおいでよ」

祐介は追いすがるように声をかけた。明日美が応える。

「う〜ん。どうだろ？　今度遊びに行くときは、もうあの子供部屋は誰か他の子のものになってるんじゃないかな。たぶん、お姉ちゃんはそれを望んでいるはずだから。お兄ちゃん、がんばってね」

「子供部屋……？」

「お兄さん、青春って、その一瞬だけの輝きだから美しいんですよ。何度もあったら、色あせちゃうんです」

包み込むような優しい笑顔で千花が言った。

祐介がなにも言えないでいると、時間切れをしらせるように扉が閉じ、新幹線はゆっくりと動きはじめた。

小さな窓に顔を寄せ合い、明日美と千花が手を振る。つられるようにして祐介も手を振り返した。

新幹線が見えなくなるまで手を振りつづけた。

夏休みが終わってしまう……子供のころに感じた焦燥感に似たものが、胸の中に込み上げてきた。それは決していやなものではなかった。

青春って、その一瞬だけの輝きだけだから美しい……。

千花の言うとおりだ。少女たちのその一瞬である処女からの卒業をいっしょに経験できたことに、祐介は今改めて、鳥肌が立つほど感動してしまうのだった。

おねだり《おねだり》居候《いそうろう》日記《にっき》 僕《ぼく》と義妹《ぎまい》と美少女《びしょうじょ》と

著者◉哀澤渚【あいざわ・なぎさ】

発行◉マドンナ社
発売◉二見書房 東京都千代田区神田三崎町二-一八-一一
電話 〇三-三五一五-二三一一（代表）
郵便振替 〇〇一七〇-四-二六三九

印刷◉株式会社堀内印刷所 製本◉株式会社村上製本所 落丁・乱丁本はお取替えいたします。定価は、カバーに表示してあります。

ISBN978-4-576-20195-5 ◉Printed in Japan ◉©N.Aizawa 2020